서점 마계

왕의 여의주 편

차례

제1장　　007
그대로 재를 뒤집어쓰고 가루처럼 날리는 눈에서 태어났다

제2장　　041
가슴속 불덩이 같은 바위를 뚫고 나온 어두운 밤
초승달처럼 뜬 너의 말들이 나를 일으켰다

제3장　　083
세상이 잠든 고요의 시간에도 가슴에 쿵 떨어지는
너의 무심한 웃음이 불씨처럼 뜨거웠다

제4장　　125
토해지고 읊조려지는 듯 퍼지는 재의 무게
이야기처럼 전해졌던 나의 핏빛 붉은 눈을 마주하리라

제5장　　191
기다려
너의 웃음소리가 어두운 이 공간에 꽉 들어서면
재를 뒤집어쓴 새가 날아 노래하리라

제1장

그대로 재를 뒤집어쓰고
가루처럼 날리는 눈에서
태어났다

무녀 미화

 오래전에 아주 오래전에 이름을 잊은 자들이 이제 깨어났다. 깰 수 있었다는 것은 살아 있었다는 확실한 증거가 됐지만, 지금 그들을 아는 자들은 거의 없었다. 그들은 너무 오랜 시간 동안 잠에서 깨지 못했다. 그들이 오래 잠들어 있던 이유에 대해 정확히 아는 사람은 없었다. 아주 오래된 전설처럼 내려온 이야기들이 싹이 트고 자라고 이끼가 덮어 갈 때 그들을 아는 사람들은 모두 그들을 기다리다 죽어갔다.

 그렇게 모든 것들이 점점 잊혀질 때 그들 중 가장 먼저 눈을 뜬 것은 무녀 미화였다. 아름다운 꽃이라는 이름처럼 그녀의 긴 머리카락은 어두운 밤처럼 고요하며 매끈한 꽃잎 같았다. 눈은 깊은 밤에 피는 꽃처럼 독특한 향기를 가지고 있었고 그 향기 때문인지 그녀의 곁으로 가까이 다가간 사람들은 칠흑처럼 깊은 어둠에 감겨 잠에 빠졌다고 전해졌다. 그런 능력이 있었던 것에 비해 그녀의 깨어남은 생각하지도 못한 작은 소녀의 몸에서 깨어났다. 처음 눈을 뜨고 일어나 바라본 집은 낡은 뱃집 형태의 지붕을 하고 듬성듬성 지푸라기가 보이는 흙벽을 한 마당이 넓은 곳이었다. 미화는 그곳 마루에 앉아 잠시 낮잠을 잔 것처럼 사르르 눈을 떴다. 19살이 됐을까. 그녀의 가느다란 몸에 알록달록한 조끼가 입혀져 있었고 몸의 나이에 맞지 않게 앙증맞은 꽃이 새겨져 있는 고무신을 신고 있었다. 손을 올려 머리를 만지니 머리카락이 혹 내려올까 넘긴 머리띠가 만져졌다. 머리카락 한 올도 남기지 않고 단정히 꽂혀 있는 머리카락에 깜짝 놀라며 미화는 몸을 더듬었다. 이곳은 어디이고 이 몸은 누구인가라며 어리둥절할 때 대문이 삐걱거리며 할머니가 함박웃음을 지으며 들어왔다.

"일어났어? 왜 이렇게 오래 자. 힘들어서 그런가. 인천에서 공부를 많이 시켜 그런가. 신발 신었네. 어때? 예쁘지?"

입을 꾹 다물고 있는 미화에게 할머니는 연신 반가운 말들을 내뱉더니 부엌으로 이내 들어갔다. 미화는 천천히 몸을 일으켜 걸어봤다. 시간을 가늠할 수 없었다. 기억의 마지막을 잊어 어리둥절하기만 했다. 도대체 어떻게 된 일인지 모르겠지만 그녀가 눈을 감았던 그 순간을 떠 올리기 위해 가만히 방울이를 불러봤다. 작은 종을 흔들거나 휘파람을 부르면 그녀의 방울이는 늘 단숨에 찾아와 세상의 이치를 알려 주곤 했다. 그래서 늘 작은 종을 팔목에 차고 있었다. 입을 오므려 휘파람을 불었다. 그러나 '휘익' 경쾌한 소리에도 몸이 반응하지 않았다. 당황스러운 일이었지만 방울이가 사라질 리 없다고 생각했다. 잠시 고민을 하다 결심을 하듯 그녀는 천천히 할머니 곁으로 다가갔다. 아궁이에 불을 지피고 있는 뒤태를 바라보며 어디선가 많이 본 것 같다는 생각이 스쳤다.

"조금만 기다려라. 밥해줄 테니."

"넌 누구냐?"

약하고 여린 목소리가 떨리며 나왔다. 소녀의 몸은 미화에게는 너무 작은 옷처럼 꼭 끼고 어색했다. 목소리에 조금 놀라듯 가만히 있던 할머니의 어깨가 천천히 비틀어졌다. 애써 웃는 할머니의 주름이 미세하게 떨렸다.

"아가 뭐라고 하는 거야?"

"넌 누구냐고. 여기는 어디냐."

할머니의 눈에 눈물이 고이며 미화를 서슴없이 안았다.

"왜 그러는 거야. 할머니 기억 안 나? 너 너무 오래 잤어. 그래서 기억을 못 하나 보다. 그치? 꿈에서 깨야지."

미화는 할머니의 품에 안겨서 읊조리듯 말했다. 차갑고 차가운 푸른 음성이었다.

"그래. 꿈에서 깨는 법을 알려 줘. 너는 알고 있겠지."

할머니는 작은 미화의 어깨에 힘을 주며 말했다.

"꿈이 험했구나. 아가. 여기가 네 집이고 나는 네 할머니다. 이제 밥해줄 테니 조금만 기다려. 우리 밥 먹자."

미화는 자신의 단발머리를 조용히 쓰다듬고 있는 손을 가만히 잡았다. 서늘한 기운이 파고들었다.

"나를 잘 아는 것 같은데. 그렇다면 내가 제일 잘하는 것도 알겠구나."

할머니는 어리둥절한 표정을 지으며 미화의 손을 빼려고 하지만 굳게 잡고 있는 손을 빼지 못했다.

"겁을 잃었구나. 너에게서는 아무런 냄새도 나지 않아. 여기서는 어떤 것도 냄새가 나지 않아. 지푸라기에서도 그 흔한 탄내도 나지 않는구나. 답을 말해 주지 않으면 소멸뿐이다."

미화는 다른 손으로 허공에 손을 내밀었다.

"공기도 느껴지지 않아. 그 흔한 사람들의 땀 냄새도 나지 않아. 너는 무엇이냐."

할머니의 얼굴이 심하게 일그러지며 손을 빼려고 버둥거리기 시작했다.

"아이고. 아가야. 왜 이러니? 정말 아프다. 이것 좀 놓고 이야기하자."

미화는 눈을 감았다. 작은 호흡들이 느껴지고 호흡을 따라 조그만 구슬이 움직이기 시작했다. 구슬은 미화의 입에서 나와 한참을 허공에 있다가 위아래로 움직이며 마치 얇은 막에 부딪

히기도 한 것처럼 바르르 떨다 떨어졌다.

"여기에 가둔 것이냐. 나를."

분노가 느껴지는 한기 같은 말에 할머니의 몸이 천천히 불타기 시작했다.

"내가 너무 방심했다. 기억을 하고 있는 것이냐."

젊은 남자의 음성이었다. 검은 그을음을 내며 사라지는 몸은 얇디얇은 종이처럼 구부러지기 시작했다. 눈을 뜬 미화의 눈에 깊은 어둠이 서렸다. 밑바닥까지 차오르는 어둠의 소리가 스멀스멀 올라오며 미화는 어지러움을 느꼈다.

"기억한다. 너희가 어떻게 했는지를 기억한다."

분노의 기억이 짙어질수록 할머니의 형체는 점점 사라지고 있었다. 그러나 끝까지 이를 악물며 말을 이어갔다.

"기억을 잃었군. 그냥 소녀의 몸에서 살면 좋았을 건데. 그냥 그렇게 살지. 아무것도 하지 마라. 한때는 동료였던 마지막 나의 말을 기억해 줘. 그냥 살아라."

잡은 손을 놓으며 미화의 손끝이 흔들렸다.

"내가 너를 모를 수가 없다. 아버지의 동료인 너는 이미 죽었다. 그런데도 넌 너까지 봉인하며 내 곁에 있으려고 한 이유가 무엇일까? 난 알겠는데. 천천히 생각해 봐. 마지막까지도 알고 싶었던 것은 아닌가. 내가 얼마나 강한지를 말이다. 그래서 너는 제대로 된 주인을 찾고 싶었던 건 아닌가. 늘 최고여야만 했던 네가 그 의심에서 벗어날 수가 없었겠지. 마지막으로 너에게 기회를 줄게. 나는 아버지보다 더 강하다. 내가 너의 주인이 되겠다."

흔들리는 눈동자에 가득 품은 의심이 일렁였다.

"날 받아주겠다는 거냐?"

"그렇다. 허락하겠다. 너는 이제 나의 사람이다."

차오르는 연기에 점점 형태가 사라지며 할머니의 음성은 사라지고 굵은 남성의 목소리가 하늘을 흔들었다.

"내가 다시 당신을 찾아 세상에 나온 보람이 있군요. 주, 주군으로 모시겠습니다."

미화는 차가운 목소리로 물었다.

"방울은 어디에 있느냐? 그리고 이곳은 어디냐?"

그러자 목소리가 하늘로 올라가는 연기를 따라 점점 미약해지지만 마지막까지 최선을 다해 짜내듯이 말했다.

"방울도. 이곳도 마계. 약속을. 지. 켜. 주십. 시오."

"홀연이는?"

"마…… 계."

사라지는 연기를 따라 메케한 냄새가 났다. 종이를 태웠을 때의 냄새였다. 이곳은 오직 하나의 냄새만이 존재하는 곳이었다. 마계가 어디인지 모르지만 이곳이 마계였다. 천천히 발걸음을 따라 대문을 나섰다. 대문 밖의 세상은 완벽하게 아름다웠다. 풀이 무성하지만 너무 크게 자라지 않았고 나무는 푸르지만 연약한 부분은 보이지 않았다. 햇빛도 강하지 않고 바람도 일정했다.

　천천히 걸으며 미화는 전혀 울퉁불퉁함이 없는 매끄러운 땅을 보았다. 정말 인위적인 그림 같은 곳이었다. 한참을 자세히 보니 얇고 길쭉한 선이 보였다. 위아래로 보이는 점선이 일정하게 찍혀 있다. 미화는 땅의 점선 부분을 아주 거세게 발로 밀기 시작했다. 그러자 땅이 조금씩 찢어지기 시작했다. 미화는 눈을 감고 자신의 구슬을 다시 뱉어 찢어진 틈새로 밀어 넣었다. 그러자 얇은 판이 흔들리기 시작하더니 찢어지듯 틈새가 보였고, 그 안으로 보이는 또 다른 세상에 나무가 보이기 시작했다. 미화는 구슬에 온 힘을 다해 일렁이는 불의 기운을 넣었다. 뜨거운 기운이 거세질수록 푸른 빛의 기운들이 모이기 시작했다. 기억하고 있는 시간 속에 매몰찼던 사람들의 시린 눈빛들을 닮았다. 아리고 아픈 눈빛들은 거세질수록 울분이 폭발했다. 그래도 가야 했다. 모든 시작과 끝을 다시 한번 가서 맞춰야 했다. 그곳에는 그녀를 기다릴 약속이 있었다. 그녀의 구슬에 맺힌 기운들이 주위를 태우기 시작했다. 희망이란 얼마나 가볍고도 무거운 것일까. 세상에 품었던 희망은 무거웠고 미화가 사랑하는 사람들은 언제라도 떠날 듯 가벼웠다. 그래서 더 무거운 것이 되고 싶었다. 종이가 불타오르고 폭풍우 같은 바람이 불어왔다. 미화의 몸이 틈새로 드디어 튕겨져 나갔다.

　"누구세요?"

쓰러진 미화를 내려다보고 있는 남자의 당황스러운 목소리가 들렸다.

"괜찮으신 거죠?"

걱정이 가득 담긴 목소리의 남자의 형체가 흐릿흐릿했다.

"여기가 어디죠?"

"네. 마계입니다."

"마계?"

"네. 서점 마계입니다."

힘을 많이 쓴 탓에 온몸이 쑤시고 어지러운 기운이 그녀를 덮쳤다.

"마계다."

미화의 눈이 점점 감겼다.

서점지기

그날도 아주 지루한 날이었다. 그리고 도착한 도시는 도시 전체가 그대로 근대에 머물러 있는 것처럼 모든 건물들이 자신의 시간들을 그대로 스스럼없이 말해 주고 있었다.

공무원이 되면 다 잘 될 줄 알았다. 떠나간 그녀에게 복수도 하고 후회하게 해줄 수 있을 줄 알았다. 아주 잘 사는 모습을 보여주고 싶었던 것도 사실이었다. 그러나 그녀는 돌아오지 않았다. 일 년이 지나 딱 한 번 연락이 왔다. 그저 건조한 안부 인사였다.

공무원이 되고 하는 일이 딱 마음에 들지는 않았다. 한정된 공간에서 매일 보는 사람들과의 관계도 한번 어긋나면 힘들었고 일도 매일 반복되는 일이었다. 그렇게 사는 건가 보다 하며 하루하루를 보냈다.

처음 발령받은 곳은 강원도였다. 오랫동안 살았던 부평을 떠나 혼자 집을 알아보고 처음 본 집에 계약을 했다. 월세로 40만 원을 냈지만, 그곳은 정말 말도 안 되는 작은 원룸이었다. 처음 월급 200만 원이 안 되는 돈에 월세 40은 큰돈이었다. 부모님은 형 뒤치다꺼리에 보증금도 내 줄 수 없다고 하셨다. 처음부터 기대도 안 했지만 서운함을 애써 숨겼다. 형의 몫이 부러웠지만 가족의 평화를 지키고 싶었다. 그렇게 처음 대출을 받아 보증금을 내고 작고 작은 방으로 들어갔다.

매일 사무실에 들어가 알 수 없는 답답함을 느끼며 오후 6시에 눈치를 보며 퇴근을 했다. 그리고 다시 작은 나의 집으로 들어갔다. 옆집의 누군가의 소리를 듣지 않기 위해 컴퓨터를 켜고 온라인 게임을 했다. 게임에 들어가 일일 퀘스트를 하고 밤 12시가 되면 내일을 위해 잠이 들었다.

나는 이렇게 살다가 죽을 거였다. 적어도 다른 사람들에게 피해가 되지 않아 다행이었다. 공무원이었기에 대출도 나왔고 그 부분에 그저 고마울 뿐이었다.

눅눅한 여름이 되고 그날 밤도 그저 컴퓨터에 앉아 일일 퀘스트를 하고 있었다. 새로운 직업인 바드가 나와서 해보려고 캐릭터를 만들려고 했다. 하지만 만들려는 캐릭터 이름마다 이미 모두 있다는 말에 30분 동안이나 게임에 못 들어가고 있었다.

그러다 그저 문득 창밖을 바라봤다. 고요한 밤하늘이 방충망에 조각나 있었고 그곳에 다닥다닥 붙은 모기들을 바라보았다. 안전했다. 조그만 방에 있는 내가 게임을 하며 하루를 마무리하는 것이 그렇게 나쁜 인생 같지 않았다. 그리고 다시 캐릭터의 이름을 적었다.

'조각난 달'을 그저 재미 삼아 입력했고 캐릭터가 만들어졌다. 조각난 달은 작은 악기를 하나 가지고 버프를 날리며 아군의 사기를 올렸다. 꽤 재미있어 시간이 가는 줄도 모르고 한참을 하다가 새벽 두 시가 되어서야 누웠다. 내일은 또 달이가 얼마나 강해질까라는 생각에 눈을 감았다. 그리고 금세 너무 크고 환한 빛이 나를 비췄다.

달이었다. 조각조각 잘린 달들의 파편들이 사정없이 나에게 내리쬐고 그것들이 몸에 닿는 순간 몸이 강해지는 것 같았다. 심지어는 침대에 푸른 싹들이 돋고 천장에 꽃들이 피기 시작했다.

어안이 벙벙해 눈을 뜨자 아침 8시였다. 지각이었다. 부리나케 간 직장에서 차가운 기운이 감돌았다. 겨우 도착한 내 책상에서 땀을 식히며 커피 한잔을 마셨다. 커피에 둥둥 떠 있는 동그란 얼음이 달처럼 느껴졌다. 커피에 퍼져나가는 얼음의 차디찬 기운이 피로를 모두 씻어주는 것 같았다.

그리고 그날부터 나는 달빛을 따라 걷는 꿈을 꾸었다. 아주 낡고 오래된 곳이었다. 모두 낮은 건물에 약간 나온 창문이 집마다 있고 창문을 감싸는 사각형의 틀이 신기했다. 목조 건물로 지어진 집들을 구경하다가 어느 골목길에 멈추면 허물어져 가는 집이 있고 그 앞에 소녀가 있었다. 마치 몸이 묶여 있는 듯 다른 곳으로 가지 못하고 앉아 있는 소녀는 구슬을 가지고 있었다. 작은 구슬들을 띄우기도 하고 던지기도 하며 나를 전혀 신경 쓰지 않고 앉아 있었다.

그 뒤로 나는 매번 똑같은 꿈을 꾸기 시작했다. 무엇에 홀린 듯이 인터넷을 통해 꿈에서 본 집들을 찾았다. 그리고 가장 비슷해 보이는 인천의 중구를 찾았고 주말마다 가서 매번 길을 걷기 시작했다.

한참을 걸었다. 오늘도 허탕인 것 같았다. 이대로는 안 되겠다 싶어 부동산에 들어갔다.

"안녕하세요. 혹시 다 허물어져 가는 집이 있는 곳의 근처에 집이 있나요?"

"특이하네? 집값 때문에 그렇지? 그렇다고 허물어져 가는 집 근처를 찾다니 그런 곳이 있나 모르겠네. 있으면 살 거야?"

"네."

그냥 툭 튀어나오는 말에 부동산 사장님은 컴퓨터 앞에 앉아 매물을 찾기 시작했다.

"젊은 사람이 왜 여기에 집을 사려고 하지? 장사할 거야? 그냥 살 거야?"

미처 생각하지도 못한 질문에 당황하며 대충 얼버무릴 생각에 생각나는 대로 이야기하기 시작했다.

"너무 답답해서요. 여기서 일을 시작하면 어떨까 생각이 되네요."

"그래. 금액은 어느 정도 생각해?"

"가지고 있는 게 별로 없긴 해서 너무 비싸지 않았으면 좋겠어요."

갑자기 사장님의 얼굴이 어두워졌다.

"대출받아야 하면 안 나올 수도 있어서. 직업이 어떻게 돼요?"

"공무원입니다."

"아이고. 그럼 됐어. 됐어."

금세 밝아진 사장님은 경쾌하게 자판을 두드리기 시작했다.

"음. 정말 이상하네? 여기 딱 말했던 곳이 있긴 하다. 정말 이상하다. 지금까지 왜 내가 이 집을 몰랐지? 앞집이 말한 것처럼 조금 험해. 그래서 싸게 나왔나 봐. 그런데 여기 지금 주택으로 되어있어. 그래서 장사하려면 용도변경을 해야 해. 그런 건 알고 있는 거지?"

"아뇨."

"우선 볼래?"

"네."

아무 생각 없이 쫄래쫄래 사장님을 따라 걸었다. 큰 사거리에서 언덕길을 따라 오르다가 왼편에 난 조그만 길을 따라 걸었다. 어디선가 문득 본 것처럼 친근감이 느껴졌다. 맞다. 꿈마다 걸었던 그 거리에 와 있었다. 심장이 너무 두근거리고 터질 것 같았다. 그리고 이내 가려진 오른쪽 골목길 끝부분의 집을 가리켰다. 앞에는 다 허물어져 가는 집이 있었다.

"여기가 골목길 안쪽이고 앞에 건물이 이래서 싸요. 어때요? 집 들어가 볼래요?"

갑자기 사장님의 말투가 상냥해졌다. 그만큼 맞은편 앞집은 지금이라도 허물어지듯 위태로워 보였고 위협을 당하듯 붉은 벽돌로 덮인 집이 서 있었다. 이 집이었다. 눈치를 살피는 부동산 아줌마에게 떨리는 목소리로 답했다.

"아뇨."

"아. 마음에 안 들어요? 조금 깎아 달라고 해 볼까요? 그리고 목조 건물이에요. 알고 있으라고요. 골목 안쪽에 들어가 있지만 그래도 많이 들어가지는 않았네요. 그리고 여기까지가 개항장 문화지구에요. 어때요. 해 볼까요?"

"네. 그래 주시면 감사하죠. 이 집으로 하겠습니다. 안 봐도 돼요."

나는 심장이 너무 뛰어 가슴에 손을 대었다. 이곳이 실제로 있다는 것이 믿어지지 않았다.

나는 영끌족이 되어 집을 샀다. 공무원이 된 것이 이 집을 사기 위해서인가. 헤어진 그녀에게 보여주려고 한 것이 아니라 사실은 집을 사기 위해 공무원이 된 것 같았다.

그렇게 나는 중구에 집을 가지게 되었고 대출을 받은 뒤 바로 직장을 그만뒀다. 직장을 그만두고 아반떼에 짐을 넣었다. 단 몇 개의 박스가 전부였다. 그렇게 굽이굽이 산을 넘고 인천 중구로 왔다.

다 허물어져 가는 앞집보다는 나았지만 얼룩덜룩한 곰팡이와 오래된 구조들이 주는 위압감을 느끼며 박스와 함께 밤을 보냈다. 곰팡이 냄새를 맡으며 이것이 제대로 된 선택인지 아닌지 미래에 대한 두려움을 느꼈다. 그리고 중구 근대건축물 지원 사업을 알게 되었다. 그런데 지원해 줄 수 있는 부분에 대한 용도가 따로 있어 무엇을 해야 할지에 대한 고민을 하던 중 가장 조용한 서점을 택했다. 그 뒤로도 용도변경과 건축물 지원 사업을 하기 위해 필요한 서점으로서의 여러 행정 업무들은 나를 힘들게 했다.

희망이란 조각난 달처럼 날카롭게 빛났다. 그렇게 서점 사장이 되었다. 정말 운명처럼 길이 열렸다. 그리고 그렇게 서점을 오픈하고 얼마 뒤에 기다리던 손님 대신 하늘에서 갑자기 떨어진 여자. 미화가 왔다.

홀연

"언니. 언니. 언니."

아무리 불러도 답이 없었어요. 분명히 이곳에 있다고 했는데요. 오늘도 언니는 동네 사람을 피해 새벽부터 산으로 갔어요. 동네 사람들은 우리를 싫어해요. 특히 언니를요. 왜 그런지 잘 모르겠어요. 하지만 난 동네 사람들이 좋아요. 가끔 맛있는 걸 주기도 하고 불쌍하게 보기도 하는 것 같지만 나쁜 사람들은 아니에요. 친구들이랑 노는 것도 그냥 놔두기도 하고 때로는 입던 옷이지만 챙겨 주시기도 해요. 언니는 모든 것들을 부정적으로 보지만 조금만 마음을 열면 좋을 텐데요. 사람들은 다 그렇잖아요. 나쁘기도 하고 착하기도 하죠. 모두 착하기만 할 수는 없잖아요. 사람들은 다 내가 착하다고 해요. 하지만 비밀이에요. 저는 나쁜 아이랍니다. 오늘도 언니는 어디론가로 가 버렸어요. 언니가 아침도 안 먹고 가서 너무 속이 상해요. 차려 놓은 밥들이 잘 안 넘어가요. 이걸 다 먹으면 언니가 굶게 되지 않을까 생각해서 반만 딱 먹었어요. 요즘 동네가 어수선해요. 동네 아이가 한 명 죽었거든요. 그런데 모두 그게 언니 탓이라는 거에요. 언니가 죽을 거라고 이야기를 했다면서요. 언니는 정말 똑똑해요. 그래서 모든 걸 다 맞춘답니다. 언니는 제게 늘 항상 조심하라고 하면서 집 밖으로는 나가지 말라고 해요. 그게 제일 싫어요. 자꾸 나가기만 하면 언니는 어떻게 아는지 금세 나타나서는 마구 혼낸다고요. 오늘은 언니가 이상해요. 내가 나온 지도 한참이 됐는데 언니가 나타나지 않아요. 무슨 일이 있는 걸까요? 언니가 오늘은 진짜 나오지 말라고 했는데 나와도 되는 걸까요? 무척 화를 낼 것 같지만 또 금세 풀리겠죠? 언니는 날 사실 사랑하거든요.

아! 저기 언니가 보이는 것 같아요. 역시 친구 말이 맞았어요. 분명 이쪽으로 간다고 했거든요.

"언니. 언니. 언니."

저기 멀리서 언니가 오네요. 이상해요. 언니 뒤에 또 언니가 오고 있어요. 언니가 둘이네요.

"홀연아. 나오면 안 된다고 했잖아."

"언니. 언니 뒤에 언니가 또 있어."

"홀연아. 언니만 봐. 가자."

"아니. 언니 뒤에."

언니는 무서운 얼굴을 하고 있어요. 평상시와 달라요. 나는 너무 무서워 눈물이 나요.

"홀연아. 홀연아."

언니 뒤의 언니가 나를 불러요. 언니의 억센 손이 나를 꼭 잡고 있어요.

"언니? 왜 언니 뒤에 언니가 있어?"

"제발 홀연아. 언니 말 좀 들어. 그냥 앞만 보고 가. 알았어? 집에 가서 이야기하자."

언니의 손이 더 내 손을 꽉 잡아요. 너무 아파요.

"홀연아. 저 사람은 네 언니가 아냐. 언니는 너를 아프게 하지 않아. 손 놔. 나랑 같이 가자."

언니 뒤에 언니가 말을 걸어요. 나는 꼭 입을 다물고 앞만 보고 걸어요.

"홀연아. 너 내 목소리 들리지? 모른 척하지 마. 그 손 놔. 그리고 뛰어. 그 사람은 네 언니가 아냐. 언니가 진짜야."

나는 흘깃 언니의 얼굴을 봐요. 언니는 늘 곱게 머리를 빗고 단정한데 오늘은 마구 헝클어진 머리를 하고 있어요. 손이 너무 아파요. 언니는 나를 아프게 하지 않는데 이상해요.

"홀연아. 뛰어."

나는 너무 무서워요. 내 손을 잡고 있는 사람이 언니가 아니면 어쩌죠. 이럴 줄 알았으면 집에 있을 걸 그랬어요. 언니 말을 안 들어서 이렇게 된 거죠. 그렇다고 언니가 둘이 되다니. 내 손을 잡은 언니의 발걸음이 너무 빨라요.

"언니. 나 아파. 손 좀 놓고 가자."

"안돼. 저기까지만 빨리 가자."

내 손을 꽉 잡은 언니가 재촉해요.

"홀연아. 누가 너에게 말을 건네니?"

언니의 손이 더 나를 꽉 잡아요.

"아니."

"빨리 가자. 누가 말을 건네도 대답하면 안 돼."

거짓말을 하자 가슴이 두근거려요. 하지만 그렇다고 대답하기는 너무 힘들어요.

"홀연아. 잘했어. 안 들린다고 해. 그리고 손을 놔. 달려. 도망가."

언니 뒤의 언니는 너무 따뜻한 목소리로 이야기해요. 맞아요. 언니는 나에게 이렇게 나쁘게 하지 않는다고요. 언니는 좋은 사람인데 나한테 이럴 리가 없어요. 이 사람은 언니가 아닐지도 몰라요. 난 언니의 손을 뿌리치고 달려요. 언니가 날 불러요. 안 돼요. 저 사람에게 붙잡히면 안 돼요. 도망가야 해요.

"홀연아 안돼. 그러지 마. 언니 말 들어."

귀가 찢어질 것 같은 웃음소리가 들려요. 나는 정신없이 뛰어요.

"홀연아. 홀연아. 아주 잘했어."

"언니가… 아니었구나?"

"이제 알았어? 네 언니가 지금까지 줄곧 훼방을 놔서 널 만날 수가 없었단다. 이제야 우리 둘이 드디어 만나는구나. 너에게는 신비한 힘이 있단다."

언니가 보고 싶어요. 멀리서 흐릿한 형체가 걸어와요. 낯설지 않아요. 언니 몰래 나온 날은 저 형체를 본 것 같아요. 이제 기억이 나요.

"기억나? 내가 너와 똑같은 모습으로 다른 사람에게 네 언니가 그랬다고 하고 동네에 아이가 죽을 거라고 이야기했어. 그랬더니 모두들 다 속던데."

언니가 보고 싶어요. 이제 너무 가까이 와요.

"이제 언니는 없어. 네 언니는 늘 방해만 돼. 처음부터 너는 우리 사이에서 아주 유명한 아이였어. 흠. 네가 그런 종족이라니. 모두 네 몸을 갖고 싶어 한단다. 특히 널 원하는 분이 계셔. 가자. 언니만 없었다면 더 일찍 만날 수 있었을 텐데."

언니 말을 안 들었어요. 그래서 이렇게 된 것 같아요. 힘이 없어요. 나는 아무런 힘이 없어요. 내가 지금 할 수 있는 일도 없어요. 나는 너무 약하고 어려요. 언니는 나 때문에 동네 사람들에게 미움을 받는데 그것도 몰랐어요. 내가 기억하고 있던 것들이 모두 다 거짓이면 어쩌죠. 언니가 날 미워하면 어쩌죠. 모든 게 끝났어요. 하지만 난 언니의 동생으로 남고 싶어요. 저쪽으로 가면 낭떠러지가 있어요. 그러면 난 언니 동생으로 남을 수 있어요.

"난 네가 두렵지 않아. 넌 절대 내 몸에 들어올 수 없어. 난. 난. 강해."

뒤를 돌아 뛰어요. 잔가지가 부러지는 소리가 들려요. 신발이 벗겨진 것 같아요. 다행이에요. 언니가 나를 찾을 거예요. 낭떠러지가 보여요. 아. 그리고 언니가 저기 있어요. 진짜 언니일까요.

"홀연아. 됐다. 이리와."

"언니."

언니는 나를 덥석 안아요. 진짜 언니예요. 이제 됐어요. 언니의 팔목에 빛나는 종이 보여요. 종이 울려요. 고요하고 슬퍼요. 언니는 종을 흔들어요. 나는 잠에 빠져요. 언니의 주문 같은 노래가 들려요.

"홀연아."

"응?"

"잠깐만 자."

"응. 언니, 미안해."

"홀연아. 이제 더 강해져야 해. 다시 눈을 떠도 놀라면 안 돼."

"응."

"언니가 찾으러 갈 거야. 기다려. 너는 늘 빛이 나. 금방 찾을 수 있어."

"응. 기다릴게."

눈을 뜨고 다시 일어나니 집이에요. 언니가 어디 있을까요? 나는 이 집을 떠나면 안 돼요. 언니가 돌아올 테니까요. 언니가 날 미워하진 않겠죠? 이제 그 못된 영혼도 오지 못하겠죠. 언니가 그어 놓은 선들이 희미해져요. 기운이 없어요. 그동안 너무 못된 동생이었던 것 같아요. 그래도 언니는 나를 버리지 않아요. 언니가 희망이란 좋은 것이라고 했어요. 어렵지만 품을수록 나를 따뜻하게 해줄 거라고 했어요. 언니는 금방 돌아올 거예요. 믿어야 해요. 나는 이 집을 떠날 수 없어요. 자꾸 잠이 와요. 언니가 보이는 것 같은데. 잠이 와요. 그리고 드디어 언니가 왔어요. 언니가 갑자기 나타나 쓰러졌어요. 가까이 가고 싶은데 젊은 남자가 다가가요. 언니가 물어요. 여기가 어디냐고. 남자가 말해요. 마계. 언니, 나 여기 있어. 언니가 눈을 감아요. 이상하게 목소리가 나오지 않아요. 언니가 눈을 뜨면 곧 나를 찾아줄 거야. 모습은 조금 어려졌지만 아무래도 상관없어요. 나는 언니를 봐요. 언니는 곧 나를 찾을 거예요.

"언니. 약속을 지켰어."

사용

처음부터 무언가 꼬였다. 그들은 죽지 않았다. 그저 잠이 들었다. 무녀 따위를 너무 우습게 본 탓도 있다. 그녀의 동생은 아예 사라져 버렸다. 그리고 그들을 돕는 저 남자의 존재는 알지도 못한다. 너무 오랜 시간을 기다렸다. 그들이 나타나기만을 기다렸다. 손에서 돋아나는 비늘들이 너무 괴롭다. 이렇게 영겁의 시간을 기다렸는데 알 수 있는 거라고는 그저 그들이 자고 있다는 것이다. 처음 신의 부름을 받고 꽃비처럼 내리는 길을 걸으며 최고의 사해의 왕으로 선택받았던 때를 기억한다. 동해, 서해, 남해의 모든 용의 신들이 축하해 주며 새로운 사해의 왕으로 추앙했었던 때가 있었다. 그러나 마지막 관문을 통과해야 했다. 바로 왕의 여의주를 가져야 한다. 사해의 왕으로서 가져야 할 마지막 관문이었지만 그때까지만 해도 무척 쉬운 일이라고 생각했다. 여의주의 기운은 바닷가 근처의 어느 집에서 시작되고 있었다. 이렇게 낡고 어지러운 인간들이 사는 세상에서 여의주를 찾아야 하는 것이 처음부터 마음에 들지 않았다. 아름답고 고귀해야 할 여의주가 이런 곳에 있다는 것이 믿어지지 않았다. 나는 사람의 몸을 빌려 여의주를 밤낮없이 찾아 헤매었다. 사람들은 너무 쓸데없는 것들에 집착하고 시기하고 질투하기 바빴다. 내가 사해의 왕이 된다면 해일을 일으켜 모두 쓸어버리고 싶은 곳이었다. 하찮은 인간들이 여의주를 알 리가 없을 거라는 생각이 굳어질수록 쓸데없는 곳에 시간을 허비한 내가 더 비참하게 느껴졌다. 또한 인간의 몸은 너무 허약해 겨우 며칠을 안 잔 것뿐인데 몸이 너무 무거워졌다. 허약해진 인간의 몸을 버리고 다른 몸으로 바꾸며 바닷가 근처를 맴돌았다.

그리고 그녀를 만났다. 머리카락이 밤의 색처럼 깊었고 향냄새가 몸에 감돌았다. 무녀인가. 평범한 느낌이 아니어서 그녀를 따라갔다. 그녀는 내색하지 않았지만 나의 움직임을 이미 읽고 있었다.

"왜 따라오느냐."

나지막하지만 힘 있는 말에 처음으로 머뭇거려졌다.

"사람이 아닌데 사람의 행색을 하고 있구나. 네가 찾고 있는 것은 여기에 없다."

단호한 그녀의 말은 나의 화를 돋우었다.

"겨우 사람 따위가 사해의 신이 될 나를 이렇게 취급하다니."

그녀는 뒤를 돌아보며 밤의 끝자락처럼 깊은 눈을 치켜 떴다.

"사해의 신? 너는 사해 용의 신이 될 수 없다."

처음 듣는 말에 사지가 떨렸다. 태어날 때부터 모든 용들의 왕인 내가 겨우 한낱 무녀 따위에게 조롱을 당할 줄은 몰랐다.

"그런 말을 겁도 없이 하다니. 기억해라. 너를 가만두지 않겠다."

"사해 용의 신은 여의주가 있어야 한다. 허나 너는 아직 아무것도 갖지 못했구나. 더군다나 아예 감도 없는 모양인데. 네가 어찌 신이 될 수 있단 말이냐. 너는 나에게 어떤 것도 할 수 없다."

그녀의 몸에 감도는 붉은 기운이 따갑다. 불의 기운인가. 밤의 불의 기운은 처음 느껴보는 기운이었다.

"너는 누구냐?"

갑자기 그녀의 얼굴 표정이 굳었다. 저쪽에 아주 작은 소녀가 달려오는 것이 느껴졌다.

"언니. 언니. 언니."

숨차게 다가오는 소녀는 우리와 같은 물의 기운이긴 하나 너무 약하여 겨우 기운이 몸에 닿았다. 그녀는 소녀를 보더니 당황하며 소녀의 손을 잡고 걷기 시작했다.

"네 동생이냐? 보아하니 기운도 약한데. 오래 살지는 못하겠다. 그리고 영매인데? 시달려서 어디 오래 살겠느냐? 나에게 기도를 하면 내가 네 동생 정도는 보호해 줄 수도 있지."

"그건 네가 상관할 바가 아니다. 여기는 여의주가 없으니 돌아가."

멀리 사라져 가는 둘을 보며 깨달았다. 내게 여의주가 필요한 것과 없는 것도 알았다면 있는 곳도 알지 않겠는가. 다시 급하게 따라가 보았지만 이미 사라지고 난 뒤였다. 그렇게 허무하게 놓치고 그녀가 무녀라는 사실과 이름, 그리고 동생이 약점이라는 사실을 알게 되었다. 동네 사람들은 마음속 깊이 그녀를 두려워하고 있었다. 두려운 마음을 여니 그동안 가두어 두었던 이야기들을 술술 말하는 덕분에 쉽게 집까지 알아냈다. 그러나 동네 사람들은 모르고 있었다. 무녀 미화가 이 마을을 지키고 있다는 것을 말이다. 괘씸하지만 사실이었다. 마을마다 동네를 지키는 신들이 있다. 이 마을은 바닷가 근처여서 벌써 몇 번이고 해일에 휩쓸려 가야 했지만 마을의 수호신이 불의 신이기도 했고, 무녀는 그 신을 받들어 마을을 지키고 있었다. 다만 한 가지 의문인 것은 끔찍하게 생각하는 동생의 존재였다. 언제부터인지 몰라도 사람들은 기억을 잃은 듯 동생이라는 것만 되풀이하며 말할 뿐이었다. 아주 단단한 보호 주문이었다. 보호령을 다룰 줄 아는 무녀의 존재는 지금까지 듣지 못했다. 그러나 먼저 지금 사람들의 기억 저편에 사라진 것을 밝혀야 여의주의 행방을 알 수가 있을 것 같았다.

다시 무녀의 집에 찾아가자 이미 나를 기다리고 있었다.
"그 사내의 몸을 떠나라. 그러면 내가 하나는 알려주겠다."
"다른 것도 알고 있나?"
"그건 네가 찾아라."
나는 가만히 소녀를 가리켰다. 무녀는 화가 난 듯 입술을 꼭 다물었다. 그러자 약하게 느껴지는 향기가 진해지기 시작했다.
"떠나라. 그러면 확실히 알고 있는 것을 알려 주겠다."
"알겠다. 약속하마."
묘하게 독한 냄새에 식은땀이 흘렀다.
"여의주는 오색에서 시작된다. 그리고 모든 빛이 꺼진 곳에서 시작된다. 한 공간에서 시작되고 한 공간에서 만들어진다. 용이 아닌 용이며, 불이 아닌 불이다. 그곳에 주인이 주인을 찾으면 나타날 것이다."
"어떻게 알았느냐?"
"어렸을 때부터 집안의 기록이다. 다 이야기했으니 이제 사내의 몸에서 떠나라. 여기에는 아무것도 없다."
"네가 왜 여기 있는지 모르겠다. 이딴 곳에서 말이다. 이곳은 희망이 없다."
"그건 희망을 품지 않은 자가 하는 말이 아니다."
무녀의 손을 꼭 잡고 올려다보는 소녀의 기운이 그전과 다름을 느꼈다. 분명히 약했는데 오늘은 강한 물의 기운이 느껴졌다. 나도 모르게 다가가자 무녀는 소녀의 앞을 막아섰다. 그 뒤를 따르다 갑자기 가슴의 통증을 느끼며 몸이 휘청였다.

"사내의 몸에서 떠나라. 그리고 이 집에서 떠나라."

"너는 무엇을 지키고 있느냐. 마을이 아니었구나. 그렇지. 저 아이였구나?"

"너는 사해 용의 왕이 아니다. 이제 그만 돌아가라. 내가 예언을 이야기해 준 것은 깨달으라고 이야기해 준 것이다. 너는 어떤 것도 가지지 못한다. 아무것도."

단호한 그녀의 말에 다시 한번 그 집으로 돌아가려고 하자 뜨거운 불기둥이 솟구쳐 올랐다.

"나에게 말해 다오. 저 아이는 누구냐?"

그러자 소녀의 얇고 어린 목소리가 들렸다.

"나는 홀연이에요."

서둘러 무녀는 그녀를 재촉해 방으로 들어갔다. 홀연이라는 이름을 듣는 순간 비늘 하나가 올라왔다. 인간의 몸에 생 비늘이 돋아나니 몸이 버티지를 못했다. 이런 약한 인간의 몸 따위보다 더 강한 몸을 가져야겠다. 저 홀연이의 몸이라면 어떨까. 강한 영매의 기운이 느껴지기도 하고 물의 기운이 있는 아이니 나와 잘 맞을 것 같았다. 또한 무녀 미화의 곁에 있으니 더 좋은 정보를 가질 수도 있을 것 같았다. 소녀의 몸이 작긴 하지만 어차피 자랄 테니 가장 최적의 몸이 될 것 같았다. 그날 밤을 그렇게 사내의 몸에서 나와 하늘 위에 올라갔다. 그리고 엄청난 비를 뿜어냈다. 그러자 사람들은 모두 신이 노했다며 무녀 미화의 집으로 향했다. 사람들이 웅성거리며 미화의 집 앞에 모였다.

"이제 마을을 떠나 주십시오. 저희는 이제 원하지 않습니다."

"그래그래. 우리끼리도 잘 해내고 있지 않습니까?"

사람들의 말들이 점점 큰 목소리를 내고 고함으로 변했다. 물끄러미 하늘에서 내려다보고 있으니 사람들의 약함과 이기심이 느껴졌다. 하찮은 사람들을 보호하는 저 무녀가 한심하기 짝이 없었다.

"불을 질러 버립시다."

"아니, 벌을 받으면 어쩌려고 그런 말을."

"저게 사람입니까? 귀신이나 보고. 우리를 뭐 딱히 지켜 준 것도 아니지 않습니까."

문이 열리고 무녀 미화가 나왔다. 여느 때와 마찬가지로 차분한 얼굴이었다.

"가겠으니 돌아가세요."

"진짜 떠나실 겁니까?"

"네. 일주일 뒤에 떠나겠습니다. 그런데 약조를 하나 해주세요. 저희가 떠난 뒤에 꼭 이 집은 그대로 놔두세요"

"왜 그 집을 놔두라는 건지?"

사람들은 웅성거리기 시작했고 무녀의 조용함에 마치 승리라도 하듯 엄청난 살기 가득한 기운이 흘렀다. 무녀의 눈이 흑빛으로 바뀌며 빗소리를 뚫고 천둥 같은 목소리로 예언을 하기 시작했다.

"내가 지금까지 마을을 지켰거늘. 은혜를 모르고 이런 짓을 하다니. 집을 건드리는 자. 너의 웃음소리가 어두운 이 공간에 꽉 들어서면 재를 뒤집어쓴 새가 날아 노래하리라. 핏빛 붉은 눈을 마주하리라."

사람들은 웅성거리며 약속이라도 한 듯 서둘러 돌아섰다. 무녀 미화의 몸이 부들부들 떨리고 있었다. 알 수 있었다. 여의주의 비밀을 저 무녀가 알고 있었다. 또한 홀연이의 몸을 빌려야 그 비밀을 밝혀낼 수 있을 것이라는 확신이 들었다. 이제 여의주는 내 것이었다.

하지만 그때 정말 잘 다뤘어야 했다. 홀연이를 그렇게 빨리 건들면 안 되는 것이었다. 이제는 그 둘의 기운이 전혀 느껴지지가 않는다. 어디에 있는 것인가. 나의 고통스러운 밤은 지루하게 지속되고 있다. 점점 이무기가 되어가고 있다. 사해 용의 신이 될 내가 말이다.

제2장

가슴속 불덩이 같은 바위를

뚫고 나온 어두운 밤

초승달처럼 뜬 너의 말들이

나를 일으켰다

이야기의 시작

작은 나무가 바람에 흔들리며 햇빛에 반짝이는 나뭇잎들이 떨어진다.

"심심해요. 누가 좀 놀아 주세요."

작은 나무의 근처에는 심심한 것들뿐이었다. 눈을 떴을 때부터 보였던 산과 강은 변함이 없었다. 간혹 비가 너무 많이 내려 나무 몇 그루가 쓸려 내려갔고 위쪽에 있던 바위가 조금 깨져서 굴러 내려왔지만 모두 약속이라도 한 듯 평화로웠다.

"재미있는 이야기를 해줄까."

작은 나무의 목소리에 처음 누군가가 답을 했다. 목소리는 하늘 전체에서 울리는 것처럼 웅장했으나 또한 종이처럼 살랑거리며 부드러웠다.

"누구세요? 어디 계세요?"

두리번거리는 나무의 곁으로 바람처럼 목소리가 한 번 더 지나갔다.

"옛날이야기를 해줄까?"

"우와. 정말 재미있겠다. 저 처음으로 누군가를 만나요. 다들 제가 계속 이야기를 해도 아무도 대답도 안 해줘요. 진짜 해주실 거에요?"

"그래. 아주 오래된 이야기를 해줄게."

"네! 신난다."

"모든 것은 하나의 물에서 시작됐지. 태초의 물은 연약하고 투명했으며 시간이 지나자 연거푸 하나의 희고 빛나는 덩어리를 잉태했단다. 덩어리들은 점차 자신의 색을 지닌 구슬이 되고 구슬들은 자기만의 힘을 지니게 되었어."

"구슬이요? 정말 예뻤겠다. 저도 보고 싶어요. 와 재미있다."

어린나무의 나뭇잎이 바람에 흔들리며 재미있다는 듯 반짝였다.

"붉은 구슬은 길고 멋진 깃털을 지닌 핏빛 새의 형상으로, 노란 구슬은 모래처럼 까슬한 땅의 형상을 한 흙의 정령으로, 검은 구슬은 어두운 밤을 만들어 숨으며 존재를 감췄고, 마지막으로 푸른 구슬은 물 아래의 거대한 소용돌이를 밤낮없이 만들어 휘젓더니 그 안에서 용으로 태어났단다."

"우와. 정말요? 저도 용을 보고 싶어요. 용들은 어떻게 돼요?"

나무는 누군가와 이야기하는 것이 너무 즐거웠다. 처음 들은 이야기들도 이야기들이지만 이렇게 자신에게 말을 해주는 존재를 만나 상기되어 나뭇잎을 쉴 틈 없이 흔들었다.

"물은 한참 동안 꿀렁거리다 아주 길고 미끄러운 존재를 뱉어냈지. 거대한 물의 소용돌이에서 빚어진 용들은 처음에는 조용히 바다 안에 존재했단다. 그러다 점점 세상의 구슬들이 자신들의 세상을 만들었고 바다는 매일 좁아졌어. 바다의 용들은 영역 다툼을 하기 시작했고 용들의 전쟁은 그렇게 시작됐단다."

"자기들끼리 싸운다고요? 왜요? 그냥 사이좋게 지내면 안 돼요? 슬퍼요."

"바다는 매일 피비린내가 진동하는 용들의 묘지가 되어갔고 용들은 서로의 몸 색으로 나누어 더욱 치열하게 싸우기 시작했어. 대표적으로 그들은 흑룡과 백룡 그리고 청룡이었지. 사람의 몸으로도 바꿀 수 있었으며 용족마다의 능력이 조금씩 달랐거든. 서로의 능력을 질투하고 의심했단다. 그러다 그들의 싸움이 치열해질 때 육지로 올라간 용족이 우연히 붉은 새 종족의 여왕을 다른 용족으로 착각하여 죽이게 되는 사건이 벌어졌지. 어린 용족이 붉은 새 종족의 여왕을 죽였다는 거야. 어떻게 여왕을 죽일 수 있었는지에 대한 것들은 중요하지 않았다. 붉은 구슬을 가진 핏빛 새 종족의 침략이 시작됐어. 새들은 흙의 정령의 힘까지 빌어 육지로 나온 용족들을 학살하기 시작했고 하늘에서 붉은 태양의 뜨거운 빛처럼 계속 화살을 쏘아 용족들은 물 밖으로 나갈 수도 없었지."

어린나무는 이해할 수가 없었다.

"잘못했다고 하면 되잖아요? 꼭 그렇게 서로를 죽여야 해요? 저는 처음 눈뜰 때부터 혼자였어요. 얼마나 외로운지 몰라요."

어린나무의 잔가지가 오들오들 떨렸다.

"그만할까?"

"아뇨. 더 듣고 싶어요. 정말 어린 용족이 붉은 새 종족의 여왕을 죽였어요?"

"이야기는 이야기란다. 모두 자신이 듣고 싶은 이야기가 있어. 너는 그것이 궁금하구나?"

"네. 그냥 안타까워요. 음, 그러면 태초의 물은 어떻게 됐어요? 다들 그 안에서 태어났다면 물이 어떻게 할 수 있지 않았을까요?"

"아주 연약하고 투명한 물은 그 전쟁을 보며 자취를 감췄다."

"저라도 그랬을 것 같아요. 너무 슬픈 이야기네요."

작은 나무는 슬픈 얼굴로 하늘을 바라보았다. 그림 같은 하늘의 구름이 뭉실뭉실 흘러가고 평화로운 바람이 불었다.

"그들의 싸움은 언제 끝나요?"

나무의 작은 목소리에 하늘에서 울리던 목소리가 이어졌다.

"거대한 전쟁의 시작이었어. 지루하며 잔인한 싸움들이 지속

됐지. 하늘에서는 늘 화살이 빗발치듯 쏟아졌고 바다에서는 끊임없는 용솟음이 치솟았다. 그렇게 처음의 시작을 잃은 채 이어지는 학살은 중독처럼 깊어지고 증오가 한없이 깊어졌다. 그러던 어느 날 모두가 잊었던 존재가 나타났다. 바로 검은 구슬의 종족이었다. 검은 구슬 종족은 한없이 깊은 밤을 하늘에 펼치고 모든 해를 덮었다. 단 한 줄기의 빛도 허락하지 않았어. 어둠 속에 모든 생명이 사라지기 시작했지. 전쟁은 그렇게 허무하게 끝이 났단다. 가장 먼저 사라진 것은 불의 기운을 가진 붉은 새의 종족이었다. 그리고 땅의 기운을 가진 정령들은 마지막까지 버텼지만 아무것도 보이지 않는 어둠 속에서 메말라 가고 급기야는 모두 한 줌의 모래가 되었어. 그렇게 단 한 달 정도의 시간 안에 종족들은 매일 죽어가고 있었어. 용족의 타격도 컸지만 물 아래 조용히 몸을 낮추고 오직 그들만이 목숨을 겨우겨우 이어가고 있었지."

"용족은 살았군요?"

"그래."

"검은 구슬 종족과 이제 싸우나요?"

"아니. 거짓말처럼 어느 날 하늘의 어둠이 사라졌어. 검은 구슬 종족이 사라졌다. 그들의 존재감은 대단했고 잔인했어. 폐허가 되어 버린 세상에서 용족은 살아났고 그들은 검은 구슬 종족의 압도적 힘을 기억했다. 그들은 서로의 바다를 나누어 지배하고 규칙들도 만들었지."

"그럼 이제 서로 안 싸우고 행복하게 지내는 건가요?"

어린 나무는 안심이다는 듯 웃으며 물었다.

"싸우는 것이 무섭니?"

"아뇨. 전 이미 무서운 것이 뭔지 알고 있어요."

나무는 숨을 고르듯 말했다. 그러고는 또랑또랑한 눈빛으로 하늘을 바라보며 미소 지었다.

"이야기가 너무 재미있어요. 더 듣고 싶어요."

"동쪽으로 가기로 한 용들은 무척 호전적이었어. 특히 푸른빛이 더욱 짙어 청룡이라고 불렸고 엄청난 폭풍우를 만들 수 있었으며 하늘로 비상하여 번개를 내리게 했지. 남쪽으로 간 용은 별에 박혀 별을 지배하며 세상의 모든 도와 이치를 파악하였고 미래의 길흉화복을 점치며 하얀빛이 짙어서 그들을 백룡이라 했다. 용족들 중에서도 선하고 질서를 중요시하는 고귀한 존재였어. 마지막으로 서쪽으로 간 용들은 흑룡들이었다. 깊은 해저에서만 살던 용들로 하늘의 빛이 없을 때도 오래 버틸 수 있었고 가장 속을 내비치지 않는 종족이었단다. 특히 다른 용족들과의 사이가 제일 좋지 않았고 제멋대로인 성격에 다른 용족들도 까다롭게 느꼈지. 흑룡족의 수장은 흑이라는 인물로 반짝이는 검은빛으로 두 눈이 길게 찢어진 매서운 눈과 붉은빛 얇은 입술로 웃는 법이 없었어. 매우 조용하나 빨랐단다. 흑룡족의 가장 큰 특기인 재앙을 앞세워 모두를 공포에 떨게 했단다. 그들의 말에는 힘이 있었으며 모두가 예언이었다. 용족들의 싸움에서도, 다른 종족들과의 싸움에서도 가장 비협조적이었기에 검은 구슬 종족이라고 의심받아 한동안 용족들의 감시가 이어졌지만 흑룡족의 피해도 꽤나 심각했고 그 때문에 모두 의심을 거두게 되었지. 또한 용족의 구역을 나누면서 그들을 서쪽으로 보냈을 때 흑룡의 수장은 말없이 흑룡들을 데리고 서쪽으로 갔단다. 바다의 깊이가 깊지 않아 분란이 일어날 것들을 생각했지만 흑룡의 움직임은 없었어. 그렇게 용족은 가까스로 평화를 얻었어. 그리고 아주 늦게 말이야……."

어린나무는 조용히 눈을 감고 있었다. 바람도 이제 불지 않았다. 마치 모든 시간들이 멈춘 곳처럼 고요하기만 했다. 목소리는 점점 잦아들었고 작은 나무의 편안한 숨소리가 가득 공간을 채우고 있었다.

예언의 시작

큰 혼란을 겪으며 용족들은 모여서 백룡, 흑룡, 청룡의 수장들 중 전설로 내려오는 사해 용신을 뽑아 혹시 모를 전쟁을 준비하고자 했다. 그때 흑룡의 수장 흑이 차가운 목소리로 눈을 감고 예언을 하기 시작했다.

"푸른빛 기운을 가진 자. 새로운 왕의 길을 걷게 되리라. 그러나 용의 여의주를 갖지 못하면 고통 속에 이무기가 되어 붉게 타 소멸하리니. 같은 운명을 갖고 잠든 자가 새 주인이 되리라."

모두들 웅성거리던 틈 속에 긴 푸른 빛의 수염을 만지며 청룡의 수장 청해가 쩌렁쩌렁한 목소리로 호탕하게 웃었다.

"푸른빛 같은 기운을 가진 자라면 청룡의 자손이겠지요? 그러나 여의주를 갖지 못할 리 없습니다. 그 뒷이야기는 들을 필요도 없습니다."

그러자 백발의 긴 머리카락을 다소곳이 묶은 백룡의 수장 백선이 가만히 고개를 저었다.

"흑룡의 말을 무시하면 안 됩니다. 별의 움직임도 심상치 않았습니다. 우리는 너무 많은 일들을 겪었습니다. 잊으면 안 됩니다. 마지막 부분은 같은 운명을 갖고 잠든 자라고 했습니다. 그 운명을 가진 자가 용족이길 바라야죠?"

"무슨 말이오. 다른 종족들은 모두 죽었소. 그리고 사해 용신이 용족이어야지. 무슨 말도 안 되는 이야기를. 이 세상은 용족의 세계입니다. 검은 구슬 종족이 모두 죽게 했다고요."

청룡의 수장 말에 흑룡의 수장 흑이 그제서야 새빨간 붉은 입을 치켜세우며 말을 이어갔다.

"붉은 새의 종족도, 땅의 정령도, 모두 살아 있습니다. 전 느껴집니다. 그리고 우리에게는 사대 용왕이지만 그들에게는 다른 말로 불립니다. 세상의 왕이 될 자로. 모든 종족들에게는 전설이 있지요."

심연의 눈을 한 흑의 말에 모두들 침묵이 이어졌다.

"우리 용족에서 사해 용왕인 용의 신을 만들어 아무도 우리와 대적할 수 없게 해야 합니다. 흑룡의 예언 끝에 제가 할 수 있는 마지막을 보태겠습니다."

청룡의 수장 청해의 얼굴이 진지해지며 그의 손에서 뿜어져 나오는 푸른 빛이 진해졌다.

"모든 용족들의 힘을 빌어 우리가 선택한 아이는 다시 한 번의 기회를 얻게 될 것이다."

말을 마치자 푸른 빛이 하나의 선이 되어 하늘로 올라가 사라졌다. 백선의 얼굴에 살짝 어두움이 드리워졌다.

"용족이어야 합니다. 너무 많은 피를 흘렸습니다. 우리 용족만이 살아남은 가장 강한 종족입니다. 왜 다른 종족이 되어야 하는지 모르겠습니다. 세상의 왕은 용족이어야 합니다. 그들이 뭐라고 부르는지 관심도 없지만 사해 용왕이 맞습니다."

그러자 흑의 눈이 선명해지며 형형한 빛을 내었다. 모두가 흑의 존재를 두려워하는 이유 중 하나였다. 저 깊은 심연의 눈을 보고 있으면 숨이 멎을 것처럼 고요한 깊이에 숨을 몰아쉬게 되었다. 용족들 중 가장 저주받은 종족으로 불리는 흑룡들은 사실 모두 버림받은 자들이었다. 백룡과 청룡들의 돌연변이들로 태어난 그들은 모두 깊은 심해에 숨어 살았다. 그중에서도 흑은 그 검은빛이 너무 검어 태어나자마자 버려졌다. 청룡 중에서도 가장 높은 수장의 딸이 어머니였지만 흑을 낳고 저주를 받았다는 생각에 스스로 목숨을 끊었다. 이 모든 일들은 흑을 더욱 저주받은 존재로 느껴지게 했다. 용족들은 그런 흑이 못마땅했지만, 그의 경이로운 능력을 두려워했다. 버려진 흑룡들은 깊은 심해에서 나오지 않으며 자신들의 존재를 숨겼다. 그러나 그들에게는 놀라운 능력이 있었다. 바로 예언과 재앙이었다. 그들은 용족의 전쟁에서 가장 큰 피해를 입었다. 백룡과 청룡들이 처음

무자비하게 학살을 시도한 것도 흑룡 종족이었다. 그러나 흑룡들이 재앙의 능력을 발휘하게 되며 다른 용족들은 두려움에 떨기 시작했다. 그들의 예언과 재앙은 꼭 이루어졌고 특히 지금 흑의 예언에서는 차원이 다른 힘마저 느껴졌다.

"잊으시는 게 있습니다. 우리에게 내려오는 전설은 사해의 용입니다. 한 종족의 용이 더 존재합니다. 그 힘이 미약하게나마 느껴집니다. 그런데 보이지를 않아요. 저는 한 번도 틀린 적이 없습니다. 분명 당신들이 싫어하는 돌연변이입니다. 그 종족이 뭔지 모르겠습니다."

흑은 바로 따분한 듯 약간의 숨을 내쉬었다.

"여러분들은 늘 예전이나 지금이나 똑같습니다. 머리가 나빠요. 처음부터 의심해야 해요. 저는 다른 모든 종족들이 살아 있다는 것이 느껴집니다. 더 수양이나 쌓아야겠어요. 여기는 너무 따분합니다. 그만 가 봐야겠습니다."

모두들 괘씸한 표정을 하고 있었지만 흑은 자신의 무리들을 데리고 뒤도 돌아보지 않고 걸었다. 그러다 문득 발걸음을 멈췄다.

"아. 혹시 우리가 선택한 아이는 그 아이입니까?"

그러자 청룡의 수장 청해가 불쾌한 기분을 누르며 말했다. "푸른 기운을 가진 자라면 지금 태어난 그 아이입니다. 처음부터 심상치 않았던 가장 푸른 기운입니다."

"커 봐야 아는 것 아닌가요? 저도 태어날 때는 푸른 기운이었다고 들었습니다. 진짜 푸른 기운이 맞습니까? 그렇다면 다행이지요. 축하드립니다."

차갑게 말을 이으며 곧 흑은 사라졌고 화가 난 청해는 그의 지팡이로 바닥을 두드렸다.

"처음부터 마음에 들지 않았어. 우리가 저런 흑룡 따위와 같은 용족이라니. 믿을 수가 없어. 전쟁이 나지만 않았다면 흑룡을 모두 죽일 수 있었을 텐데. 저들은 우리 용족의 수치야."

백선은 그런 청해를 바라보다 조용히 허공을 응시했다. 흑의 탄생은 백룡들에게도 엄청난 충격을 주었다. 그러나 백룡들은 흑룡의 탄생을 인정해 주자는 움직임들이 있었다. 백선에게는 그때의 기억이 생생했다. 흑이 태어나던 날 수많은 별들이 떨어졌다. 상서롭지 않은 움직임에 백선은 새로운 종족의 탄생을 예감했었다. 흑의 존재가 두려우면서도 용족이 검은 하늘을 버틸 수 있었던 것은 흑 때문이었다. 모든 하늘이 검게 변하던 날을 흑은 예감했다. 그리고 그의 말은 진실이 되었고 뒤늦게나마 흑을 따라 허둥거리며 심해의 깊은 어둠 속으로 숨어든 날에도 흑은 또 다른 예언들을 쏟아내어 용족들을 살렸다. 그의 예언을 무시할 수 없는 이유였다.

"같은 운명을 갖고 잠든 자."

혼잣말을 하는 백선의 손이 살짝 떨렸다.

"설마. 청해? 그 아이가 세상에 나올 때 흑의 여인을 죽였다고 하지 않았나요?"

"흑이 직접 죽였소. 잔인한 종족이야. 자기 여인을 죽이다니. 내가 직접 두 눈으로 확인했습니다."

"그 여인도 아이를 갖고 있다고 했지요?"

"아이와 함께 죽었습니다."

"확실한가요? 청해. 중요한 일입니다. 확실히 죽였나요?"

"확실합니다. 흑은 망설임 없이 여인을 죽였습니다. 그때 죽은 용족들이 엄청납니다. 게다가 그 여자는 붉은 새의 종족이지 않았습니까? 어디 여자가 없어서 붉은 새의 종족이라니. 처음부터 있을 수도 없었던 일입니다. 그래도 자신이 직접 죽일 줄은 몰랐습니다."

"그래. 그렇지. 그럴 리가 없지."

백선은 생각을 떨치려는 듯 가만히 백발을 만지작거렸다. 자꾸만 초조해지는 마음을 뒤로하고 백선은 오랜 친구 청해의 기분을 풀어 주려 웃음을 지었다.

"청해. 당신의 아들이겠지요."

호탕하게 웃고 있는 청해와 함께 웃고 있는 백선의 마음이 어지럽게 일렁였다.

또 다른 예언의 시작

남자는 쓰러진 미화의 옷차림을 보며 떨어진 고무신을 주웠다. 이런 혼란스러운 일이 생기는 것이 무척 당혹스러웠다. 남자는 미화의 알록달록한 조끼가 너무 촌스럽다고 생각했다. 그러다 문득 드는 호기심에 가만히 다가가 조끼를 만지려고 했다. 그때 미화가 움츠리며 정신을 차렸다.

"냄새……."

"아니, 저, 제가. 그냥 조끼가 너무 귀여워서요. 그것뿐입니다."

"냄새가 나느냐?"

"냄새요?"

남자는 조끼의 냄새를 맡는 척을 하려고 다가가자 미화는 온 힘을 다해 그를 밀어뜨렸다. 남자는 당혹스러웠다.

"그냥 냄새가 나는지 보려고 한 거예요. 냄새가 나냐고 하셔서요."

남자의 볼멘소리를 뒤로하고 여자는 휘청이는 몸을 일으켜 책장에 기댔다. 알록달록한 조끼에 꽃무늬 고무신을 신은 소녀의 눈빛이 엄청 검다. 어깨보다 길게 내려오는 머리카락은 흑빛으로 반짝이고 있었다.

"냄새가 나느냐?"

"아뇨. 냄새가 안 납니다. 그런데 말을 원래 그렇게 하세요?"

미화는 남자의 말을 들은 척도 하지 않고 피곤하듯 눈을 감았다. 남자는 곤란함에 몸을 일으키려고 하자 미화는 눈을 바로 뜨며 명령했다.

"움직이지 마."

힘은 없지만 단호한 음성이었다.

"움직이지 않을게요. 그리고 아까는 오해가 있으신 겁니다. 저는 그냥 조끼를 만져보려고 한 것뿐입니다. 그리고 냄새가 나냐고 해서 냄새를 맡으려고 한 겁니다."

말을 하면서 점점 구차해지고 오히려 이상해지는 것 같아 남자는 답답해하며 침을 삼켰다. 무엇이라도 이야기를 해서 자신을 믿게 해야겠다는 생각뿐이었다. 서점 대출금도 아직 갚아야 하는데 이런 문제에 엮여 이상한 소문이라도 나면 안 됐다.

"저기? 괜찮으세요?"

최대한 친절한 목소리를 내며 안색을 살피는 남자의 눈을 미화는 물끄러미 보고 있었다.

"걱정하지 마라."

"네?"

"여기가 마계가 맞느냐?"

"네, 서점 마계입니다."

"그래. 방울이는?"

"방울이요?"

남자는 여자의 심기를 최대한 건들지 않으려고 한다. 아무래도 옷 모양새도 그렇고 말투도 이상한 것으로 보아 안타깝지만 제정신이 아닌 것 같다는 생각이 들었다.

"방울은 많죠. 제가 여러 방울들을 쿠팡에서 시켜 봤는데. 요즘 방울이 아주 여러 종류가 있어요."

"이름이 무엇이냐?"

남자는 미화의 대답에 자신의 말을 무시한다는 생각이 들어 조금 화가 났다.

"그런데 자꾸 왜 반말을 하세요? 그리고 왜 제가 대답을 하는데 이야기도 전혀 안 들으시고."

갑자기 미화의 길고 가느다란 손이 남자의 얼굴을 잡아 눈을 맞추자 남자는 깊은 밤의 천이 휘감기듯 잠이 오는 것을 느꼈다. 아주 작은 자장가 소리까지 들은 것 같았다. 눈물처럼 뚝 어둠 속 붉은 깃털 하나가 떨어지며 맑은 방울 소리가 들렸다. 정신을 애써 부여잡으며 남자는 여자의 손을 뿌리쳤다.

"도대체 정체가 어떻게 되세요?"

"무녀다."

"문어요?"

미화는 이렇게 허점이 많은 사람을 본 적이 없었다. 걱정이 많고 소심해 보이는 데다가 조끼를 만지고 있었다는 이야기를 계속하는 남자가 한심하기 짝이 없었다. 하지만 이 공간의 주인이기도 한 남자를 건들고 싶지는 않았다.

"조끼가 맘에 드냐?"

"아니 왜 이야기를 하다 맙니까? 정체가?"

"무. 녀. 미화다."

"무녀?"

"그렇다. 무녀다."

"굿하는 사람요? 귀신 보고?"

미화는 이런 남자 따위와 이런 이야기를 하는 자신이 더 한심하다고 생각이 들었다. 몸을 조금 일으켜 세워 보았지만 역시 아직 무리인 듯 풀썩 쓰러졌다.

"갑자기 일어나면 어지러워요. 잠시만요."

그는 일어나 물을 가지고 온다. 그 모습을 물끄러미 바라보며 미화는 다시 한번 남자에게 물어본다.

"냄새가 정말 안 나느냐?"

"안 나요. 깨끗하세요."

거짓말할 것 같지는 않은 남자였다. 아직 예전으로 돌아오지 않음을 느끼며 미화는 눈이 감겼다.

"그럼 홀연이는 보았느냐?"

아직 방울이와 홀연이를 못 찾았지만 마계라니 안심이었을까. 미화는 이내 잠이 들었다.

"미화? 미화. 미화?"

남자는 미화를 바라보며 도대체 이 일을 어떻게 할지 막막하기만 했다. 여자를 업고 이층으로 가면 중간에 여자가 깨어 자신을 오해할 것 같았고, 이대로 그냥 두자니 바닥이 너무 차가워 큰일이라도 일어나면 자신과 자신의 서점은 어찌 되는 것인가 하는 생각에 아무것도 할 수가 없었다.

"귀신을 보는 여자라니. 이렇게 어린데. 이런 꽃고무신은 도대체 어디서 난 거야. 재래시장에서 파나. 취향이 정말 특이하네."

한참을 망설이다 남자는 여자의 몸을 일으켜 업는 자세를 취했다.

그리고 남자의 주위는 그 순간 밤이 되었다. 아무것도 보이지 않는 칠흑 같은 어둠의 천이 소리도 없이 눈을 가리는 듯했다. 미화의 손을 잡고 있어 다행이라고 생각하며 남자는 애써 침착하게 다시 그녀를 내려놓았다. 그러자 칠흑 같은 어둠이 사라졌다. 남자는 다시 미화의 손을 잡았고 다시 어둠이 다가왔다. 남자는 갑자기 웃음이 나왔다. 이런 게임 같은 일이 세상에 존재한다는 것을 남자는 믿을 수가 없었다.

"밤에는 달이 조각나고 이상한 꿈을 꾸질 않나, 말도 안 되는 일만 가득하더니…. 닿으면 밤이 되는 사람이 왔네. 다시 손을 놓으면 되려나."

그러자 문득 걱정이 밀려왔다.

"이거 설마 횟수 제한이라도 있는 건가. 미션처럼."

이러지도 저러지도 못하는 남자의 눈에 어둠 속 희미한 불빛이 보였다. 천장 끝에 보이지 않았던 붉고 노란 색의 동그란 원이 보였다. 눈이 마주치자 불빛을 깜박거리며 원 모양이 조금씩 움직이기 시작했다. 문득 남자는 미화가 찾고 있는 홀연이라는 단어가 떠올랐다.

"음. 흠흠. 미친 사람 같겠지만. 홀연입니까, 방울입니까?"

원 모양의 불빛은 갑자기 움직임이 멈추었다.

"홀연?"

남자는 용기를 내어 다시 물어봤다.

"내가 보여요?"

아주 어린 여자아이의 소리였다.

"어? 아직 안 보여. 그냥 동그란 불빛이 주위를 감싸고 있어."

"방울이랑 같이 있어서 그래요."

"혹시 언니가 여기 무녀 미화 씨…… 맞니?"

갑자기 미화라는 이름을 듣자마자 서점에 아주 뜨거운 열기와 함께 방울 소리가 퍼지기 시작했다. 귀가 찢어질 것 같은 소리에 남자는 미화의 손을 놓아 버렸다. 순간 어두웠던 세상에 빛이 물밀 듯이 들어왔다. 다행스럽게도 미화는 서점 책장에 기대어져 있었다.

"만지면 밤이 되는구나."

남자는 어둠 속에 불빛이 있는 곳을 다시 응시했지만 아까 보았던 그 불빛은 전혀 보이지 않았다.

"아, 그 아이는 밤이 되어야 보이는 건가."

남자는 천장을 바라봤다. 이 모든 사실을 어디서부터 어떻게 해결해야 할지 도저히 알 수 없었다. 우선 미화가 잠에서 깨어나길 바라며 남자는 조심스럽게 일어났다.

"깨어나길 바라는데 왜 난 조용한 거야."

남자는 화가 나기도 하고 우습기도 한 듯한 표정을 지었다.

"이름을 잘못 지었나? 마계라고 지으면 안 되는 거였어. 판타지를 너무 많이 봐서 그런 걸지도……."

꿈일지도 모른다는 생각에 손가락을 꼬집어 봤다.

"꿈이네. 안 아프네."

방울이

"언니. 나야."

미화는 걱정스럽게 바라보고 있는 눈동자가 익숙했다. 미화의 손이 닿아도 절대 변하지 않는 단 하나의 살아 있는 존재인 동생 홀연이였다.

"언니. 내가 언니 기다렸는데. 왜 이제야 왔어?"

볼멘 목소리가 미화의 귓가에 울렸다.

"미안."

미화는 홀연이의 몸에 손을 대고는 차가움에 목이 메었다.

"언니? 이제 우리 헤어지지 말자."

"그래."

미화는 홀연이의 가슴에 손을 얹으며 두려움이 엄습해 왔지만 눈을 질끈 감으며 손의 느낌에 촉각을 세웠다. 미약한 생명의 기운이 느껴졌다.

"홀연아?"

"응, 언니."

"지금 어디에 있느냐?"

"나 우리 집에 있어."

"어디까지 기억이 나느냐?"

"언니를 기다리다가 잠들었지. 언니는 오지도 않고. 진짜 한참을 기다렸다고."

울상이 된 홀연이의 목소리가 떨렸다.

"그렇구나. 홀연아. 언니 말 잘 들어야 한다."

"언니. 그런 말 하지 마. 자꾸 말 잘 들어야 한다고 하면 무서워."

훌쩍이는 홀연이를 보며 미화는 웃음을 지었다.

"언니가 집으로 간 것 같구나."

정확하게 기억이 나지 않지만 미화는 집으로 갔다. 그리고 잠들어 있는 홀연이를 그녀만이 가지고 있는 밤의 결계에 숨겨 두었다. 자신이 행했던 주술이 너무 강했기에 미화까지 잠식당하기 전 아주 빠르게 자신의 밤에 동생을 숨겼다. 홀연이는 죽어 있지도 않은 상태로 집에 묶이게 되었다. 과거와 현재를 잇는 밤의 상태에 들어가 이제 홀연이를 데리고 나와야 하는 미화에게 무언가 다른 존재가 느껴졌다.

"주위에 뭐가 보이느냐?"

"아무것도. 아무것도 안 보여. 무서워."

"홀연아. 내가 너에게 무엇을 주었구나?"

"방울이."

"맞아. 방울을 주었다. 그랬구나."

홀연은 어느덧 미화 곁에서 눈을 감으며 안겨 있었다.

"언니. 나 졸려. 그냥 잘래. 이제 언니도 있고."

"버티고 있었구나. 그래도 이제 일어나야 해. 일어나자."

홀연은 눈을 비비며 칭얼거리기 시작하더니 이내 목소리에 종소리가 섞여 나오기 시작했다. 곧 공간에 방울 소리가 순식간에 울려 퍼졌다. 홀연이는 자신을 잃고 점점 방울에게 침식당했다. 그날 미화는 어둠으로 들어가지 못하는 홀연이를 위해 방울이를 주었다. 미화의 기억은 희미했지만 자신의 밤에서 홀연이를 방울이와 함께 가두었다. 이제 홀연이를 데리고 나와야 하지만 방울이의 소리가 심상치 않았다.

"방울이냐? 오랜만이다. 너의 주인 미화다."

방울의 소리가 잦아들었다.

"이제 네가 있어야 할 곳으로 오거라."

그러자 홀연이의 몸을 장악한 방울이 거친 목소리를 냈다.

"오랜만입니다. 저는 이곳이 그렇게 싫지는 않습니다만."

"네가 시간이 지나더니 주인을 배신하려고 하느냐?"

등줄기에 땀이 흘러내렸다.

"흐흐흐흐. 저는 처음부터 주인이 없었습니다. 그리고 잊으셨습니까? 이 아이를 부탁할 때요. 그때 정말 절실하셨는데요."

"너는 나를 시험하는구나. 감히."

그러자 낄낄거리며 홀연이의 몸을 한 방울이 박수를 치며 돌아봤다. 입술이 새파란 채 혓바닥을 날름거렸다.

"하하하하하. 역시 무녀 미화. 당신이 기억을 못 하시는 것 같아서요. 그래. 당신은 그렇게 부탁을 하지 않지요. 그때도 말입니다. 당당하셨습니다."

"아니. 난 그것을 묻는 게 아니다. 이제 돌아가자."

"그럼 저에게 무엇을 주실 건가요? 저는 여기가 그렇게 나쁘지 않습니다."

"난 너에게 아무것도 주지 않는다. 너는 신을 부르는 자. 신을 부르는 자가 이렇게 타락하다니. 소멸하고 싶은 게냐."

"아닙니다. 그러나 한 가지는 확실하게 하고 싶습니다."

"말해라."

"제가 떠나면 이 아이는 곧 죽습니다."

"아니. 난 홀연이를 살린다. 그리고 홀연이는 강하다."

"흥미롭네요. 저야 이 아이가 죽는다고 달라질 건 없습니다. 사실 뭐 손해 볼 일도 아니지요. 하지만. 아이가 저에게 재미있는 걸 알려 줬습니다."

생각보다 호락호락하지 않은 방울을 보며 이유를 생각했지만 미화는 알 수가 없었다. 하지만 지금은 홀연이를 방울과 떨어뜨려야 했다. 미화가 가지고 있는 밤의 결계는 시간이 멈추는 곳에 존재했다. 아무것도 변하지 않는 공간이며 시작할 수도 끝낼 수도 없는 공간이었다. 그저 어둠만이 존재하는 이곳에 홀연이를 숨겨두었다. 가장 안전한 장소였다. 미화가 그날 홀연이를 찾았을 때 홀연이는 거의 목숨이 다해 가고 있었고 당시 부상이 심했던 미화의 몸으로는 홀연이를 도저히 살릴 수가 없었다. 그래서 방울이의 강한 기운을 홀연이에게 넣었다. 분명 미화는 방울이에게 무엇을 제안했지만 그것이 도저히 기억이 나질 않았다.

"그때 내가 너에게 준 것 말이다."

분명 강한 무엇과의 교환이었을 것이라는 생각이 든 미화는 방울이의 안색을 살폈다.

"허. 기억하십니까? 그렇지요. 그러셨지요."

"그것은 어디에 있느냐."

그러자 홀연이의 모습을 한 방울은 혀를 낼름거리며 몸을 꼬았다.

"이미 충분했습니다."

"아니. 이제 봐야겠다. 어디에 있느냐."

"꼭 다시 가져가셔야 합니까?"

"그렇다."

홀연이의 눈빛이 서늘해졌다.

"싫다면요?"

"소멸하겠다."

미화는 입을 벌려 구슬을 뱉으려고 했다.

"너무 급하십니다."

방울은 홀연이의 몸속에서 꾸역꾸역 몸을 떨며 발끝에서부터 경련이 일으키더니 목에 걸리듯이 켁켁거리다 무언가를 뱉었다.

"여기"

손에 올려져 있는 것은 바로 작은 나뭇가지였다. 기억이 전혀 나지 않지만 애써 침착하게 나뭇가지를 받았다.

"이제 돌아와."

"무녀 미화. 가기 전에 한 가지 약속을 해줘야겠습니다."

"약속하겠다."

홀연이의 모습을 한 방울은 천장으로 기어 오듯 와서 귀에 바짝 대고 속삭인다.

"그것인가?"

"그렇습니다."

미화는 조용히 고개를 끄덕였고 이내 종소리가 세차게 나기 시작했다. 그리고 동그랗고 환한 원을 그리며 미화의 손목을 감쌌다. 홀연이는 깊은 잠에 빠진 듯했다. 붉은빛이 살짝 돌며 숨을 몰아쉬고 있는 모습을 보며 미화는 안도했다. 그리고 손목에 있는 원은 종의 모양을 하며 반짝이고 있었다.

"약속을 지키겠다. 너도 지키는 자였구나."

어머니가 없는 자들

 나에게는 태어날 때부터 집안에서 내려오는 예언을 아침마다 외우는 의무가 있었다. 어머니는 잊어버리지 않도록 매일 예언을 외우게 하였다.
 "글씨를 어디에 써 두면 될 것을. 자꾸 왜 이렇게 외우게 하십니까?"
 "그렇게 하면 발견되기 때문이다. 너만이 알고 있어야 하기 때문이다."
 어머니의 말에 할 말이 없어 늘 외우며 말의 뜻을 생각하고는 했다.
 "여의주는 오색에서 시작된다. 그리고 모든 빛이 꺼진 곳에서 시작된다. 한 공간에서 시작되고 한 공간에서 만들어진다.

용이 아닌 용이며, 불이 아닌 불이다. 그곳에 주인이 주인을 찾으면 나타날 것이다."

아침이면 늘 말을 외우고 눈을 감고 걷는 연습을 했다. 붕대로 눈을 칭칭 감고 아침을 살아내고 그다음은 점심, 다음은 저녁까지 붕대를 풀지 않았다. 어머니는 어둠에 익숙해져야 한다고 했다.

"어머니 저는 왜 자꾸 눈을 감고 있어야 합니까?"

"미안하구나. 아가야. 너는 아주 중요한 의무를 지고 태어났단다."

"어머니 저는 이런 걸 하기 싫습니다. 왜 저에게는 중요한 의무가 있습니까."

그때마다 어머니는 복잡한 표정을 지으셨다.

지금 생각하면 영혼으로 남아 내 곁을 지키기가 힘드셨을 것이다. 처음에는 어머니가 살아 있다고 생각했다. 그러나 점점 어머니의 영혼은 힘을 다해 갔다. 그럴수록 어머니의 영혼이라도 이렇게 계속 내 곁에 있어 주길 바랐다. 물론 우리는 그것에 대해 서로 아무 말도 하지 않았다.

"미화야. 너는 어미를 원망하느냐?"

"아닙니다. 이렇게 저를 지켜 주시잖아요."

"내게는 시간이 별로 없단다. 네 곁에 계속 있어 줄 수 없어. 너에게 우리의 업을 이어 준 것 같아 정말 미안하구나."

"어머니. 어머니가 사라지면 저는 어찌 삽니까?"

"미화야. 너는 무녀란다. 사람들을 만나면 곧 알게 될 것이다. 그리고 사람들은 너를 두려워할 것이다. 신이 선택하여 모든 보이지 않는 것들을 볼 수 있고 보지 말아야 할 것도 보인다."

"괜찮습니다."

"무엇이?"

"그래서 어머니를 볼 수 있으니."

어머니는 말없이 나를 안아 주셨다. 어머니의 품에 따뜻함은 없었지만, 분명히 누구보다 강하게 나를 잡고 계셨다.

"운명은 저에게 무엇을 원하나요? 사람들이 저를 두려워하고 싫어하는 것만 견디면 됩니까?"

안쓰러운 듯 입술을 지그시 깨무는 어머니의 모습에서 그것이 무척 힘든 일임을 알 수 있었다.

"너는 아름다운 꽃이다. 모두가 너를 사랑하게 될 것이다. 너는 그런 길을 가게 될 거고, 꼭."

어머니를 닮은 나의 손은 손가락이 아주 가느다랗고 길었다. 남들보다 조금은 더 가느다란 손목에 어머니는 말을 잊지 못하고 작은 종을 하나 매달아 주셨다.

"신을 부를 때 쓰거라. 예전부터 집에서 내려오던 물건이다."

"그냥 흔들면 됩니까?"

"자연스럽게 알게 될 것이다."

그것이 마지막이었다. 이별은 괜찮을 거라는 희망이 희미해지고 있는 평범한 날에 갑작스럽게 찾아왔다. 어떤 예고도 없었고 어떤 슬픔도 없었다. 늘 나를 안타깝게 바라보시던 어머니가 나의 세상에서 사라졌다. 어머니는 그렇게 나타나지 않았다. 한참을 그냥 기다렸다. 그렇게 몇 날을 보내고 더 이상 어머니가 오지 않을 거라는 걸 알았다. 눈물이 흘렀다. 마음이 차갑게 식을수록 눈물은 뜨거웠다.

가끔 진실은 잔인하다. 그러나 외면할 수 없다. 나는 그날이 왔다는 걸 알았지만 미련하게 누워서 하루를 꼬박 앓았다. 돌아오지 않을 어머니를 충분히 잡고 잡았다. 그렇게 어머니가 해주셨던 말들을 외우고 외웠다. 어머니는 곧 예언이었다.

산에서 내려오며 나는 정확히 내가 가야 할 곳이 어디인지 알 수 있었다. 처음 보는 곳들뿐이었지만 무엇에 홀린 듯 바닷가 근처의 마을까지 오게 되었고 그중 한 집 앞에 서 있었다. 운명이란 때로는 뻔했다. 아주 환한 밤이었다. 반딧불이들이 집 근처에서 온 힘을 다해 방에 빛을 비추고 있었고 나무들은 모두 숨을 죽였다. 바스락거리는 나의 발걸음 소리만이 선명하게 들리던 밤에 나처럼 어머니를 잃은 홀연이를 만났다.

"엄마?"

홀연이는 아주 작고 작았다. 처음 만난 사람이었다. 산속에서 긴 시간을 보낸 나는 어린 생명체에 대한 두려움보다 호기심이 앞섰다. 눈은 새빨갛게 부어 있었고 몸은 비쩍 말라서 일어설 힘도 없어 보였다. 망설이는 나에게 홀연이는 재빠르게 다가와 내가 어머니를 잡았듯 나를 꼬옥 잡고 있었다. 홀연이도 누군가를 기다리고 있었을 것이다. 내가 엄마가 아니라는 것을 알았어도 혼자서는 도저히 살 수 없는 마음을 꾹꾹 누르며 희망을 기다리고 있었을 것이다. 우리는 그렇게 자매가 되었다. 어머니는 이런 것까지 생각하셨을까. 고통은 길었고 깊었다. 그리고 그 끝에는 무엇이 있는지 가늠할 수 없지만 견딘 자만이 닿을 수 있다.

홀연이는 손이 별로 가지 않는 아이였다. 나와는 전혀 다른 밝고 맑은 아이였다. 동네 사람들이 우리를 이상하게 여기며 수군거렸지만 우리는 늘 안전했다. 그러나 홀연이가 크면서 우리의 안전은 조금씩 요동쳤다. 홀연이는 점점 동네 아이들과 어울리기 시작했고 동네 아줌마들은 그 사실을 무척 불안하게 생각했다.

"언니. 애들이 나랑 안 논데."

눈물범벅이 돼서 돌아오는 경우가 많아졌고, 밤에 그저 목놓아 하염없이 울기도 했다. 이제 나라는 사람으로는 홀연이를 채울 수 없었다. 어머니가 그렇게 나를 보았을까. 사람들은 우리를 몹시 싫어했다. 부모는 우리가 선택할 수 있는 부분이 아니다. 우리에게는 선택권도 없었고 기회도 없었다. 그들에게 당연한 것들이 우리에게는 상처가 됐고 그것들은 모두 결핍이 되었다.

홀연이는 그날도 무척 기운이 없었다.

"언니. 사람들은 왜 우리를 싫어해?"

"언니? 나 못생겼어?"

대꾸를 하지 않자 홀연이는 입을 삐죽이더니 나갈 준비를 했다.

"오늘은 나가지 말거라."

"싫어. 나가서 놀 거야."

"나가면? 아이들이랑 몰래 또 놀려고? 그러다가 걸리면? 또 울면서 들어오려고 하느냐?"

"언니가 무슨 상관이야?"

입을 삐죽삐죽하며 나가는 홀연이를 바라보니 한숨이 나왔다. 그러나 어머니가 밖의 세상을 궁금해하던 나를 이렇게 바라보았겠구나 싶어 홀연이가 나가는 모습을 그저 바라보았다. 그리고 얼마 뒤 팔목에 찼던 종이 사라진 것을 알았다. 홀연이었다. 집을 바로 나서자마자 또 눈물범벅인 홀연이가 보였다. 들어오지도 못하고 집 골목에서 쪼그려 울고 있었.

"언니. 미안해. 언니 종 가지고 나갔는데."

말을 차마 잇지 못하고 울고 있는 홀연이를 보자 파노라마처럼 홀연이가 겪은 장면들이 지나갔다.

"알았다."

분노가 치밀어 올랐다. 인간에 대한 분노까지 느껴졌다. 몸에 있는 모든 붉은 실핏줄이 터지는 기분이었다. 붉은 기운이 하늘로 뻗치며 감정들이 실처럼 엉켜졌다. 눈을 감자 검붉은 구슬의 색이 진해지면서 아이들이 있는 곳을 비추었다. 왼쪽으로 돌면 작은 언덕이었다. 그 언덕을 조금 올라가면 아이들이 있었다. 아이들의 웃음소리가 가슴에 박혔다. 발은 어느새 아이들이 있는 곳으로 다다랐고 생각보다 작은 아이들을 보자 다리가 풀리는 것 같았다.

"내놓거라."

아이들은 주춤주춤거렸다. 홀연이만큼 작은 아이들이 세 명 정도 있었다. 어떻게 이런 작은 아이들이 그런 행동을 할 수가 있을까. 이렇게 조그만 손으로 홀연이를 밀고 종을 뺏고 웃을 수 있을까. 상처는 대물림 되듯 늘 간지러웠다. 그중 제일 큰 남자아이가 소리쳤다.

"너희들, 마을에서 나가! 너희들은 저주받았다고 했어."

"저주?"

"그래. 동네 사람들은 다 알아. 너희들이 저주 받았다고. 너희는 그래서 엄마도 없는 거야."

"너희들 어미들은 모두 언젠가 다 죽는다. 그러면 너희도 저주받은 것이냐? 저주. 저주를 아직 모르는구나. 저주가 뭔지 알려 줄까?"

기운을 보내자 사내아이의 팔목의 종이 조금씩 울리기 시작했다. 아이들은 겁에 질려 소리를 질렀다. 한 아이는 이미 언덕을 내려가고 있었고 남은 아이는 서둘러 종을 떼 놓으려고 했다.

"벗어봐, 빨리."

"안 돼. 진짜 안 벗겨져."

종소리는 점점 커지며 나를 찾고 있었다. 갑자기 바람이 세차게 불기 시작했고 나뭇잎들이 후두둑 떨어졌다. 내가 손을 뻗자 종은 나에게 오려고 사내아이의 팔목을 더 거세게 죄었다. 아이의 비명이 이어졌지만, 종은 팔목을 끊을 듯 더 죄어 오고 있었다. 도망간 아이가 데리고 온 건지 어른들의 웅성거리는 소리가 이어졌고 사내아이는 아픔에 못 견뎌 뒹굴기 시작했다. 사내아이의 엄마로 보이는 여자가 아이를 잡고 소리쳤다.

"아이고. 내 아들 죽네. 내 아들 죽어. 빨리 이것 좀 빼 줘요."

동네 사람들은 사내아이의 팔목에 이제 깊이 파인 종을 보며 기겁했다. 곧 잘리듯 피가 뚝뚝 떨어지는 걸 보며 아이는 연신 비명을 질렀다.

"어서 벗기지 못해? 저주받은 게 맞네. 네가 우리 마을에 왔을 때 그때!"

"그때? 그때 무엇이!"

나의 앙칼진 말에 여자는 말을 잇지 못하고 소리를 질렀다.

"내 아들 팔을 봐. 어서 빼야지. 이게 무슨 짓이냐고."

"네 아이가 어리석어서 굳이 남의 것을 빼앗아 자기 팔목에 찬 걸 나보고 어쩌란 것이냐. 종은 어차피 나에게 돌아오고 싶어 한다. 네 아들 팔목을 잘라서라도."

여자는 넋이 나간 듯 울부짖었다. 피는 점점 언덕의 나뭇잎들을 물들이고 있었고 아이의 비명은 더욱 커졌다.

"이러다 사람 잡겠어. 아이를 이렇게 하고 살아남길 바라느냐?"

얼굴도 가물가물한 마을 사람들이 한 마디씩 소리를 냈다. 웅성거리는 마을 사람들의 목소리에 역겨움이 느껴졌다.

"우습다. 내가 누군지 아느냐? 나는 너희 마을을 지켜 주고 있었다. 감히 나의 물건에 손을 대고 그것을 자기의 몸에 취하다니. 가만두지 않겠다."

깊은 곳에 꾸역꾸역 눈을 뜨는 밤의 기운이 내 몸을 지배하려고 했다. 어느새 나무를 뒤흔들던 세찬 바람들이 몸 주위로 몰려와 나를 감쌌다. 선혈의 피가 묻은 나뭇잎들이 내 주위를 세차게 돌았다.

"붉은 깃털이다. 불사조 종족이야."

누군가가 두려움에 떠는 목소리로 이야기했다.

"불사조다."

사람들이 하나, 둘 조용히 무릎을 꿇기 시작했다. 그러나 아들의 손목이 잘릴 판인 여자는 마지막까지 악다구니를 쓰며 나에게 무서운 기세로 덤볐다.

"뭐야. 다들. 저 여자가 마을에서 나가야 한다고 다들 그래 놓고! 이제 와서 이렇게 배신을 해? 내가 홀연이 불쌍해서 몰래 챙겨 준 고구마가 몇 개인데. 저 여자가 오고 배 사고가 안 난다고 말했을 때는 나 몰라라 욕만 해 놓고. 이렇게 한다고?"

여자는 울부짖으며 말릴 틈도 없이 달려들었다.

"오지 마라. 만지면 안 돼."

여자의 손이 내 몸에 닿는 순간 여자는 순식간에 사라졌다. 사람들의 눈에서 여자가 사라지자 사람들은 일어나지도 못하고 두려움에 떨며 머리를 바닥에 대었다. 사내아이는 충격을 받아 눈물을 흘리며 고통을 참고 있었다.

"이제 너도 저주를 받았구나. 어미가 없으니."

모진 말이 뱉어졌다. 마을 사람들은 어미가 없는 남자아이에게 잘못했다고 빌라며 소리를 모았다. 아이는 사람들의 재촉에 서러운 눈을 하고 있었다.

"잘못했습니다. 살려…… 주세요. 제발."

말도 잘 잇지 못하는 사내아이의 팔목에 죄어가는 종의 색이 붉게 변하고 있었다.

"이리 오거라."

종은 섬찟한 소리를 내며 거부의 소리를 지르기 시작했다. 종은 피를 머금으며 점점 자제력을 잃고 있었다. 이미 통제가 안 되는 상황이었다. 사실 어머니가 종을 주신 뒤 어떤 일도 일어나지 않았었다. 어떤 힘을 갖고 있는지 나도 전혀 알 수가 없었다. 그저 언젠가는 알게 될 거라는 이야기만을 기억하며 고이 간직하고 있었다. 종은 이대로 아이의 팔목을 잘라버릴 심산인 것 같았다. 피 묻은 나뭇잎들이 더욱 깃털처럼 내게 원을 그리며 돌고 있었다.

"바보. 내가 안 된다고 했잖아."

홀연이였다. 어느덧 아이 곁으로 다가가고 있었다. 말릴 틈도 없이 홀연은 남자아이의 팔목에 종을 간단하게 손으로 끊어 버렸다. 순간 모든 바람은 잦아들었다. 눈치를 보던 동네 사람들은 남자아이를 데리고 도망치듯 언덕을 내려갔다.

"아이고, 무녀님. 죄송합니다. 저희가 모자라 알아보지 못했습니다."

그러자 남자아이가 외치는 소리가 들렸다.

"홀연아, 잘못했어. 우리 엄마 좀⋯⋯. 홀연아. 우리 엄마는 착해. 내가 다 혼자 한 거야."

홀연이는 끈이 잘린 종을 들고 피가 묻는 나뭇잎을 밟으며 나에게 왔다.

"언니. 어떻게 된 거야? 저 아이 엄마는?"

"나도 몰라. 날 만지더니 사라졌다."

그러자 홀연이는 큰 숨을 들이쉬고 내뱉더니 울기 시작했다.

"언니. 비밀이 있다?"

"무엇인데?"

"언니를 안으면 밤이 와."

"밤?"

"응. 보인다. 저기 있다. 언니를 안으면 세상이 깜깜해져. 그러니까 언니. 아줌마는 거기 밤에 갇혔나 보다. 언니가 가뒀어."

"무슨 말인지 모르겠다. 넌 왜 괜찮은 거지?"

"몰라. 난 그저 시리고 차가운 기운 정도만 느끼는 건데. 알려 줬어."

"누가?"

그러자 축 늘어진 팔찌를 보여줬다.

"방울이 알려줬어. 차갑고 어두운 곳에 갇히고 싶냐고. 방울이는 아주 무서워 언니. 그래서 싫다고 마음으로 말하니까. 나는 선택할 수 있대. 하지만 다들 가만두지 않을 거라고 했어."

"무엇을 말이냐."

"언니를 괴롭히는 자."

"들은 대로 그대로 말해 줘."

"몰라, 언니."

"홀연아. 언니는 지금 네가 보는 밤을 못 봐. 거기로 가야 해. 그래야 아줌마도 구하지."

"음. 약속된 계약대로. 가장 어두운 심연에 갇히고… 밤을? 몰라."

"알았다. 종을 다오."

끊어진 종도, 사라진 여자도 어떻게 해야 할지 판단이 서지 않았다. 그저 주위에 떨어진 붉은 잎들에 비린내가 살아 있듯 꿈틀거렸다.

"언니. 나는 아줌마가 돌아왔으면 좋겠어."

"왜? 우리에게 나쁘게 했잖아. 넌 용서할 수 있느냐."

"언니. 우리도 나빠. 우리는…… 엄마가 없잖아."

"엄마는 다 있단다. 엄마가 없는 아이들은 없다. 사람들 말에 신경 쓰지 말거라."

"그래도 언니. 누군가에게서 엄마를 뺏지는 않았으면 좋겠어. 그러면 그 아이도 나빠져. 다들 손가락질할 거야."

붉은 나뭇잎들이 머금은 피를 보며 흐려지는 어머니를 떠올렸다.

"모두 나를 사랑하게 될 것이라는 말씀은 아마 너 때문이겠지."

어머니가 내 손을 꼭 잡고 있던 것처럼 어쩌면 나는 홀연이를 통해 세상을 잡고 싶었는지도 모르겠다.

제3장

세상이 잠든 고요의 시간에도

가슴에 쿵 떨어지는 너의 무심한

웃음이 불씨처럼 뜨거웠다

끝없는 밤

한참 동안을 서성이다가 남자는 조심스럽게 미화의 손끝을 다시 만졌다. 어두운 밤의 장막이 펼쳐졌다. 다시 손을 떼었다. 거짓말처럼 밤이 사라졌다.

"하아. 이것은 현실이야."

이미 남자의 팔엔 잔 멍이 잔뜩이었다. 남자는 아직도 안 깨어나는 미화를 보며 한숨을 지었다. 남자는 한참을 또 서성였다. 이런 세상을 꿈꿨던 적은 있었다. 하지만 그것은 중2 때나 가능한 일이었다. 지금은 이런 일이 생긴다는 것이 귀찮게만 느껴졌다.

"내가 미친 건 아니겠지."

다시 여자의 손끝에 손을 댄다. 휘몰아치듯이 넘실대는 밤의 장막이었다. 급히 손을 떼려고 하는데 아주 작은 여자아이의 목소리가 들렸다.

"아저씨?"

저번에 봤던 아이였나 하여 남자는 마음에 쓰였지만 두려움에 급히 고개를 돌렸다.

"아저씨, 나 데리러 왔죠?"

"응? 응. 그렇지."

아이를 실망시킬 수 없다는 생각에 대답을 했지만 남자는 시선을 마주치지 못했다.

"아저씨? 괜찮아요. 이제 나 혼자거든요."

속삭이는 아이의 음성이 꽤 귀여웠다.

"혼자야?"

"네. 저는 이제 혼자에요."

"아, 부모님이 안 계셔?"

"아뇨. 그런 게 아니에요."

꺄르르 웃음이 터진 여자아이의 소리가 무척 상쾌하다고 남자는 느꼈다.

"아저씨. 언니가 이제 방울이를 데려갔어요. 그래서 이제 혼자에요. 그런데 언니가 나를 데려가는 법을 모르는 것 같아요. 걱정이에요."

"언니라면?"

"네. 거기 손잡고 있는 예쁜 사람이 제 언니예요."

"손을 잡은 게 아니고 내가 테스트할 게 있어서 그래."
"네. 아저씨. 그런데 언니가 방법을 찾으러 나갔거든요."
"어디로 나가?"
"여기서 거기로요. 이미 깼을 건데."
남자는 너무 당황하여 귀까지 후끈 뜨거워짐을 느꼈다.
"그리고 아저씨? 아저씨가 처음이에요."
"뭐가?"
"여기에 온 거요. 그러니까 분명히 아저씨가 날 만난 건 이유가 있을 건데. 너무 배가 고프다. 언니가 빨리 날 찾아야 할 텐데요."
"그럼 왜 언니는 이곳으로 안 온 거야? 네가 여기에 있는데."
남자는 가만히 여자아이를 불렀다.
"이쪽으로 조금 와 봐."
폴짝폴짝 뛰어서 오는 여자아이의 소리를 듣자니 조금 웃음이 났다. 웃음을 꾹 참고 남자는 여자아이의 손을 덥석 잡았다.
"요 녀석. 잡았다."
여자아이는 눈이 동그래졌다.
"날 잡았다!"
"그게 뭐가 대수라고. 이름이 뭐지?"
"홀연이"
"홀연아 가자. 언니한테."
"네!"

활짝 웃는 홀연이의 손을 잡고 남자는 미화의 손을 떼었다. 또 어지럽게 빛들이 들어오며 심한 현기증을 느낀다.

"홀연아?"

미화의 소리가 놀람에서 흐느낌으로 변하고 아까 본 여자아이의 창백한 얼굴이 보였다. 미화는 홀연이를 소중하게 안고 있었다. 다가가며 다시 미화의 손이 닿자 남자의 시야가 흐려졌다가 다시 깜깜해지며 밤의 기운이 몰려왔다. 그리고 붉은 끈이 남자의 손목을 감았다.

"정신을 차려라."

남자는 눈을 뜨려고 노력을 했지만 다시 눈이 감겼다. 남자는 이번에는 나갈 수 없을 것 같다는 생각이 들었다. 곧 나른한 노래가 들리는 듯하며 잠의 달콤함이 엄습했다. 그렇게 정신을 잃어가는 찰나 종소리가 울려 퍼지며 붉은 불기둥의 뜨거움이 느껴졌다.

"이쪽으로. 제발 이쪽으로. 내가 있는 곳으로."

남자는 힘겹게 소리치는 여자의 목소리를 따라 걸으려고 했다. 천천히 불의 기둥이 치솟는 저쪽에서 여자가 부르는 소리가 들렸다. 팔목에 걸린 끈적한 피가 뚝뚝뚝 떨어지며 어두운 공간에 치지직 거리는 불꽃을 일으키며 마치 어둠을 물리치는 것 같았다. 어둠은 정말 칠흑처럼 어두웠다. 그러나 어둠은 차마 가까이 다가오지 못했고 남자를 호시탐탐 노리듯 너울거렸다.

"이름이 없는 자여. 당신을 무녀 미화가 부른다. 부름에 대답하라."

"네. 가겠습니다."

남자는 자기도 모르는 사이에 대답을 하며 천천히 그러나 굳건하게 불의 기둥으로 향했다. 거칠거칠함이 입 안에 고였다. 무언가 타는 냄새도 나는 것 같았지만 오히려 익숙했다. 남자는 가벼워짐을 느끼며 두 손을 앞으로 펼쳤다. 두 손에서 처음에는 작은 바람이 일어나더니 곧 회오리바람처럼 거세졌다.

"여의주는 오색에서 시작된다. 그리고 모든 빛이 꺼진 곳에서 시작된다. 한 공간에서 시작되고 한 공간에서 만들어진다. 용이 아닌 용이며, 불이 아닌 불이다. 그곳에 주인이 주인을 찾으면 나타날 것이다."

남자는 휘파람을 불며 노래를 불렀다. 노래는 무녀 미화가 기억하는 예언이었다. 휘파람은 이상한 화음을 내며 넘실거리는 듯 어둠을 자르기 시작했다.

"내 노래는 우리를 강하게 할 것이고 너를 가장 어두운 그늘에서 빛으로 인도하리라. 세 개의 구슬이 모이면 노래가 시작되고 네 개의 구슬이 모이면 기억이 다시 시작되며 다섯 개의 구슬이 모이면 여의주가 되리라."

남자는 팔목에 둘린 핏빛 끈에서 노란색 모래 같은 실을 뽑아냈다. 모래 같은 끈은 붉은색 끈 옆으로 다가가며 매듭을 짓기 시작했다. 그리고 붉은 기둥의 문을 더욱 활짝 열고 있었다. 순식간에 스며드는 푸른 기운이 강해지면서 문을 통해 남자의 몸을 묶어 버리고 기둥 문밖으로 끌어당겼다. 남자는 그대로 공중에서 떨어지며 신음 소리를 냈다.

"괜찮은 거냐?"

미화의 얼굴에 긴장감이 역력했다. 두 손엔 축 늘어진 홀연이를 여전히 안고 있으면서도 남자의 몸을 살피고 있었다. 남자는 누운 채로 실눈을 뜨며 미화의 긴장을 풀어주려 살짝 웃음을 지었다.

"오랜만이네요. 이렇게 누워 본지가."

"반갑다. 노란 구슬의 정령이여."

"아 반갑습니다. 노란 구슬의 정령님."

남자는 이제 놀랍지도 않은 듯 건조하게 대답했다.

"아. 아니. 노란 구슬의 정령은 바로 너다."

남자는 누워서 물끄러미 서점 마계의 창밖을 바라봤다. 하늘은 맑고 푸르렀다. 다 쓰러져 가는 건물 앞을 보기 흉하다고 구청에서 쳐 준 가림막에 <쓰고 남은 레미콘>의 전단지 글자도 분명히 눈에 들어왔다.

"네. 제가 정령. 뭐 그런 거군요."

"노란 구슬의 정령이여. 지금 홀연이가 위험하다. 살려다오."

"저는 서점 지기입니다."

"명령하겠다. 노란 구슬의 정령자 서점 지기여. 너의 임무를 다하라."

온몸이 욱신거리고 머리까지 아픈 남자는 힘겹게 몸을 일으켰다. 알록달록한 조끼에 꽃이 그려진 고무신을 신은 소녀가 비쩍 마른 어린아이를 안고 자신을 내려보며, 임무를 다하라고 하고 있었다.

"오늘은 일찍 문을 닫겠습니다. 서점은 당분간 쉬어야 할 것 같네요. 그런데 저는 뭘 어떻게 살려야 하는지 모릅니다."

"아까처럼 불러라."

"휘파람요?"

"아니. 노래."

"저는 노래를 잘 못 부르는데. 싱어송라이터가 꿈이긴 했지만요. 무대 공포증 때문에 그만둔 지도 오래됐어요."

"임무를 다하라."

남자는 포기하듯 절뚝거리며 미화에게 다가가 홀연이를 안았다. 너무 작은 생명의 느낌이 흘렀다. 어렸을 적 갖고 싶던 강아지를 안았을 때처럼 소중하게 느껴졌다. 팔딱거리는 작은 심장이 느껴졌다. 생명의 냄새가 아주 희미하게 나고 있었다.

"어린아이인데. 그렇게 잘 뛰었는데. 폴짝폴짝 말이야."

그때 들리는 작은 소리에 남자의 심장은 요동쳤다.

"아저씨. 살고 싶어요."

살고 싶어 하는 아이의 소리에 나무의 잎사귀처럼 팔랑거림을 느꼈다. 남자는 바닥에 무릎을 꿇었다. 바닥에서 뿜어져 나오는 흙의 기운이 조각난 달처럼 반짝이며 남자의 몸을 휘감았다. 꽤 오래 움직이지 않은 채로 노란 물결들은 소곤거리듯 작은 노래를 불렀다. 한참 동안 잊힌 노래처럼 아련하게, 어디서 많이 들어본 노래처럼 정겹게 한참을 반짝였다. 바닥의 노란색은 점차 싹을 틔우듯 푸른 빛으로 변하며 점점 음악에 잎을 피우고 남자는 한숨을 쉬었다.

"젠장. 내가 정령? 뭐 수호자? 같은 거였어."

미화는 우두커니 그들을 바라봤다. 미화는 손목에 감긴 방울을 만졌다.

"이제 시작이다. 우리를 걸고 말하니 너희들을 가장 어두운 곳으로. 가장 추운 곳으로. 가장 외로운 곳으로 가게 하리라."

그러자 방울의 작은 소리가 딸랑거렸다.

"나 무녀 미화, 너희들을 잊지 않았다. 아직."

미화의 입안에 구슬이 동그랗게 맺혔다.

"지키겠다."

밤의 탄생

 붉은 깃털의 종족의 여왕으로 지목된 이 나라의 유일한 무녀인 아름다운 여인 화문은 사랑하지 말아야 할 남자를 사랑했다. 그녀의 종족은 오래전부터 용족을 침략하려고 기회를 엿보고 있었다. 그녀와 용족의 사랑은 처음부터 이루어질 수 없었다. 그러나 운명이란 새로운 운명을 낳기도 하듯 그들은 아무도 예측할 수 없는 세계를 열었다.

"우리가 헤어질 수 없으니 어쩌면 좋을까요?"

"곧 아이가 태어날 겁니다."

"그럼? 이제 어쩌면 좋습니까? 곧 우리 종족은 당신의 종족을 침략할 것입니다."

"아무래도 상관없습니다."

"운명이란 너무 잔인하군요."

붉은 깃털의 종족인 그녀는 미화의 잉태를 예감했고 그도 같은 예언을 했다. 그들은 두 손을 모아 그들의 기운을 미화에게 보냈다. 그리고 그녀와 그는 굳은 결심을 한 채 사라진 검은 구슬의 종족을 만나기 위해 떠나기로 했다. 그리고 늘 그렇듯 역시 배신자가 나타났다. 바로 그들의 곁에 있었던 뱀의 정령 방울이와 그의 충신인 검이었다.

붉은 깃털 종족은 하늘을 지배하는 자들이었다. 불의 기운이 충만했으며 그들은 모두 신의 기운이 충만한 여성을 여왕으로 추대하여 예언을 받아들였다. 그녀가 태어났을 때부터 모든 붉은 깃털 종족들은 기대감에 불타올랐다. 깃털 여왕족에게만 흐르는 무녀의 피를 확신하는 존재가 바로 방울이었다. 태어난 아이를 방울뱀에게 보이면 흙에 파묻힌 방울뱀이 나타나고 아이를 문다. 그렇게 왕족의 모든 여자아이들은 시험을 보게 된다. 그것은 숙명처럼 이어지는 전통이었다.

방울뱀은 꼬리 끝부분을 흔들며 독니를 드러내 여자아이를 물 때 깃털 종족의 붉은 혈을 파괴하여 괴사시켜 죽였다. 불행히도 죽은 여자아이들은 선택받지 못한 자손으로 치부하며 자연스러운 일처럼 죽음을 맞이했다. 그러나 그녀는 달랐다. 여왕의 별이 뜬 밤에 땅의 정령들이 노래를 불렀고 방울뱀들은 모두 흙 속에 숨었다. 방울뱀 무리와 붉은 깃털의 종족은 서로를 죽이며 지켜나갔다.

누군가는 운명을 믿었고 누군가는 약속을 저주했다. 생명보다 더 강한 이유를 서로에게 부여하며 그렇게 자신의 운명을 믿으며 지켜나갔다.

"이 여자아이일까요?"

모두들 기대에 부풀어 화문 앞에 방울뱀을 놓았다. 방울뱀은 흙 속에서 나오지 못했고 붉은 깃털 종족들은 모두 환호를 질렀다. 그러자 흙의 정령들은 노래를 불러 방울뱀들을 땅 위로 불렀다. 어쩔 수 없이 그중 한 마리의 뱀이 결심한 듯 화문 앞으로 다가가 조용히 또아리를 틀었다. 붉은 깃털 종족들은 숨죽였고 뱀은 물 의사가 없다는 듯 그저 화문의 팔에 문신처럼 꼬아 올라갔다. 그리고 그런 순간을 기다렸다는 듯 누군가가 뱀의 머리를 사정없이 잘랐고 피가 사방으로 튀겼다. 순간 보이지 않는 영혼을 종에 담아 뱀이 타고 올라간 화문의 팔목에 채웠다. 아주 잠깐이었다. 그렇게 뱀의 영혼이 담긴 종은 사정없이 흔들렸지만 종에서 결코 벗어날 수 없었다. 종소리에 놀라 화문은 큰 소리로 울었고 그렇게 여왕이 탄생했다.

그날 밤 그녀의 팔목에서 늘 함께하던 정령 방울은 더 이상 화문과 함께 할 수 없다고 판단했다. 그녀가 죽으면 자유로울 수 있다는 생각이 먼저 든 것도 사실이었다. 그와 함께 늘 오던 검을 자기편으로 만드는 것은 생각보다 아주 쉬운 일이었다. 그렇게 그와 화문, 방울과 검은 서로의 길을 새겼다. 화문의 배신을 안 용족들은 검을 앞장세워 그들을 추적했다. 앞이 보이지 않을 만큼 거친 비들이 퍼부어졌고 그녀는 아이를 임신한 몸으로 더 이상은 무리라고 판단했다.

"이제 그만 해요."

"조금만 더 가면 검은 구슬 종족을 만날 수 있습니다. 화문."

"저는 이미 죽을 목숨입니다. 당신을 만나고

알고 있었어요. 그러나 운명에서 도망치지 못했습니다. 마지막에 검은 구슬 종족에게 기대를 걸었던 것은 사실입니다. 하지만 이대로는 안 될 것 같아요. 아이도 저도 다 죽을 수는 없습니다."

"화문. 그렇다면 같이 죽는 걸 택하겠습니다."

"이 아이는 붉은 깃털의 종족과 용족의 피가 흐르는 아이입니다. 분명 새로운 세상을 만들 아이입니다. 이 아이는 세계의 운명이 될 겁니다."

"난 그런 거 알고 싶지 않습니다."

"하지만 당신은 이미 알고 있지 않습니까? 제가 무엇을 이야기할지도."

그는 아무 말 없이 화문의 손을 부여잡았다.

"제발. 부탁하지 마시오."

"저를 죽이세요. 그리고 다른 용족인 줄 알았다고 하십시오. 당신의 부하들은 아직 당신 편입니다. 물론 붉은 깃털 종족과의 싸움을 피할 수는 없겠지만 이 아이는 살 수 있습니다."

"그것이 무슨 소용입니까."

"우리 아이입니다. 저 대신 이 아이를 보살피세요. 기다리고 있겠습니다. 심장을 찌르세요. 아이는 무사할 것입니다."

이 모든 것들을 듣고 있는 방울이는 조용히 숨죽이고 있었다. 물론 자신이 원하는 방향으로 가고 있지는 않지만 화문이 죽으면 모든 것이 끝날 거라고 생각했다. 하지만 화문은 대대로 내려오는 신의 말을 읽는 자였다.

"듣고 있느냐. 방울. 너는 나를 배신하여 피의 협약을 깼다. 이것은 오래도록 너희 뱀과 붉은 깃털 종족과의 언약이었다. 우리는 너희들을 편히 놓아주고 단 하나의 정령을 원했다. 그러나 너는 종족과의 약속을 어겼으니 너희 종족을 꼭 멸하리라."

방울은 당황했다. 화문의 말은 곧 저주가 되어 그들 종족을 멸하리라는 것을 누구보다 잘 알고 있었다.

"한 번만 용서를."

"부질없다. 한번 뱉은 저주는 화살처럼 꽂힐 뿐. 돌아갈 수 없다."

"아셨습니까?"

"알았다."

"어찌 안 막으셨습니까?"

"막을 수 없다는 걸 알고 있기 때문이었다. 너는 그 종에서 해방될 수 없다."

"방법을 알려 주십시오."

"내 아이가 정할 것이다. 아이를 지켜라. 때가 돼서 너를 아이에게 주겠다. 나는 이미 그것을 보았다."

"알겠습니다."

벗어날 수 없음을 안 방울은 선택권이 없었다. 더군다나 종족의 멸망까지 예언을 받은 방울은 희망을 잃은 듯 조용히 침묵을 지켰다.

"저를 죽이십시오. 곧 그들이 옵니다."

용족은 어느새 그들을 둘러쌌다. 그의 부하들은 이미 결심을 한 듯 검을 빼 들었다. 그리고 그중 한 명이 앞으로 나와 그를 바라보며 울부짖었다.

"흑이여! 다시 돌아오시오."

흑룡 종족의 용들이 검을 빼 들자 다른 용족들은 당황하기 시작했다.

"이대로 흑을 보내선 안 된다. 분명 오해가 있다. 청룡이나 백룡은 오래전부터 우리를 기만해 왔다. 이건 모략이다. 검. 네 말이 맞는 거냐?"

검은 자신의 생각대로 되지 않자 초조한 낯빛을 비췄다.

"여기 흑이 있고 여자가 있다. 이 여자는."

흑은 결정을 해야 했다. 용족들은 웅성거리기 시작하며 서로에게 칼을 겨누었다. 화문은 조용히 심장의 자리에 손을 대었다. 흑의 손이 떨렸고 화문은 조용히 미소 지었다.

"흑. 아이를 부탁합니다. 이 아이는 당신이 이루지 못한 것을 이룰 것입니다. 당신은 청룡의 왕자. 푸른빛 기운을 가진 자. 새로운 왕의 길을 걷게 되리라. 그러나 용의 여의주를 갖지 못하면 고통 속에 이무기가 되어 붉게 타 소멸하리니. 같은 운명을 갖고 잠든 자가 새 주인이 되리라. 여기에 같은 운명을 갖고 잠든 자가 있습니다."

화문은 자신의 배를 만졌다. 흑은 떨리는 손으로 검을 집어 들었다.

"화문. 모든 일이 끝나면 당신을 따라가겠습니다. 기다려 주시겠습니까?"

화문은 고요한 눈빛으로 흑을 바라보았다. 화문은 흑의 손이 올라가는 것을 보고도 끝까지 흑의 모습을 담으려는 듯 애절하게 바라보았다.

"가엾은 남자."

엄청난 우레가 검을 든 흑의 주변에 떨어졌다.

"나 흑룡의 수장 흑. 요사한 종족을 내 손으로 처단한다. 흑룡들이여! 힘을 보여라."

온 세상을 울리는 고함이었다. 흑은 힘을 다해 화문의 심장을 한 번에 관통했다. 화문은 그대로 풀썩 쓰러졌으나 흑은 뒤를 돌아보지 않고 다른 용족을 향해 검을 휘둘렀다. 거센 비는 멈출 줄 몰랐고 용족들은 치열한 전투를 시작했다.

"그 여자를 넘겨라! 그 여자는 청룡족이 아니다."

"여자를 찾아라. 백룡족이 아니다."

서로의 고함 소리는 흑의 용울음을 넘지 못했다. 붉은 입술은 더욱 찢어지듯 웃었으며 가느다란 눈은 더욱 싸늘했다.

"흑룡들이여! 아무것도 남기지 마라."

흑은 그렇게 자신의 하나뿐인 사랑 화문을 죽였다. 나중에 흑은 그때를 이렇게 회상했다. 다시 그날이 온다면 운명의 편을 들지 않겠다고. 화문과 흑의 딸이자 같은 운명을 가지고 잠든 자 무녀 미화는 퍼붓는 빗줄기 속에서 그렇게 피어났다.

밤을 여는 자

마을은 공포에 휩싸여 아주 조용했다. 언덕에서 본 무녀 미화로 인해 사람이 사라졌고 아이의 손목을 파고드는 종의 존재만으로 동네 사람들은 두려움에 떨었다. 두려움은 중독처럼 사람들에게 전파되었다.

끈이 잘린 종과 홀연이를 번갈아 보며 미화는 한숨을 지었다.

"이게 무엇이냐?"

"언니. 내가 잘못했어. 나는 그냥 종이 자꾸 나한테 말 시켜서. 어디 갖다 버리려고 한 건데. 나쁜 말도 많이 하고. 진짜야."

"잘린 종을 붙이는 방법을 혹시 아느냐? 네가 잘랐지 않았느냐?"

"몰라……."

"울지 마라."

"언니. 그런데 그 종 말이야. 이제 말 못 해? 아까부터 조용해. 내가 잘라서 죽었나?"

홀연이는 눈물이 그렁그렁거리며 울먹이기 시작한다.

"죽지는 않았을 거다. 연결하는 법이 있겠지. 이 종이 말했다고 했지? 넌 그 소리가 언제부터 들렸느냐?"

"응, 언니. 처음부터 들렸어. 언니를 만났을 때부터."

"무엇이라고 하였느냐?"

"자기는 언니를 지키는 자라고 했어요. 그리고 언니가 밤을 열 수 있다고 했어. 맞다. 언니. 언니는 밤을 열 수 있는 자라고 했어. 그 안에 모든 걸 가둘 수 있다고 했어요."

"밤을 여는 자?"

"아줌마도 거기 있나 봐."

"그럴지도."

미화는 조용히 생각에 잠겼다. 울다 지친 홀연이는 금세 미화의 무릎을 베고 누워 잠이 들었다. 미화는 어머니가 준 종을 손바닥 위에 올려놓고 여기저기 살폈다. 도대체 무슨 비밀이 있는 것일까. 그리고 영의 존재를 느끼기 위해 정신을 집중했다. 서서히 팔목의 종이 움직이기 시작했다.

"이제야 저를 찾으십니까?"

물에 잠긴 것처럼 느리게 느리게 흐느적거리는 움직임이 느꺼졌다.

"정체를 알려다오. 확실하게 너의 입으로 말하라."

"흐흐흐. 저는 종의 정령입니다. 아시겠지만 한낱 약해빠진 뱀입니다."

처음으로 이런 몰입을 해서인지 미화의 얼굴에 땀이 맺혔다.

"저런 저런. 아직 애송이시군요. 저와의 대화에 이렇게 힘들어하시다니요."

"건방지구나. 그냥 이대로 끊어진 채 놔둬 볼까."

"하아. 주인님의 어머니와 아주 똑 닮으셨어요. 어머니보다는 그래도 영리하신 것 같긴 하나 사람들은 왜 그렇게 다 마음들이 약한지. 홀연이라고 했나요? 홀연이가 주인님의 흑입니까?"

"흑? 무슨 소리인지 알게 말해라."

"아직 아무것도 모르시니 어디서부터 알게 말하라고 하는지도 모르겠습니다."

무녀 미화는 호락호락하지 않는 종의 정령이 싫지만은 않았다.

"난 네가 싫지는 않다. 이름이 무엇이냐?"

종의 정령은 잠시 침묵에 잠겼다. 분명 미화에게는 화문의 느낌이 서려 있었지만 다른 것이 있었다. 그것이 무엇일까? 골똘히 생각에 빠졌다. 그리고 종의 정령은 화문이 마지막으로 남긴 말을 생각하며 답이 미화에게 있다면 우선 돕는 것이 좋다는 결론을 내렸다.

"방울."

"방울아. 너를 이어야 한다. 그래야 신의 소리를 들을 수 있다는데."

"저는 그저 끊은 자가 다시 이으면 그뿐입니다."

낮에 있었던 일을 떠올리며 미화는 홀연이를 가만히 내려다보았다. 홀연이에게는 내재된 힘이 있다는 것을 처음부터 어렴풋이 느꼈다. 그러나 그 힘의 깊이가 자꾸 달라져 미화가 가닥을 잡기에는 아직 어려움이 많았다. 홀연이를 처음 만났을 때 비추던 반딧불이를 생각하며 미화는 손에 날카로운 침을 찔러 피를 내었다. 피 냄새에 종은 딸랑거리기 시작했다.

"너는 피 냄새에 반응하는구나."

"굶주려서입니다."

"어머니가 하시던 과거의 세계를 훔쳐봐야겠다. 무녀 미화는 홀연이의 과거를 원한다."

핏방울이 뚝뚝 떨어지자 종은 거세게 움직였다. 미화는 홀연이의 이마에 피를 적셨다.

"무녀 미화가 명령한다. 홀연이의 세상을 보여라."

종의 움직임이 거세지고 미화의 시야에 비치는 검은 구슬이 떠올랐다.

"태초의 물이다."

피는 엉겨 붙으며 이마에 불의 형상으로 바뀌었고 홀연이의 기억들이 더욱 선명해졌다.

"구슬. 검은 구슬의 종족. 햇빛을 가린다."

검은 구슬의 종족들이 햇빛을 가려 세상의 모든 빛들을 차단시키고 생명들이 죽어가는 것을 보며 미화는 잔인함에 입술을 깨물었다.

"누가 나의 기억을 보느냐."

떠오르는 장면에 눈이 생기며 미화의 불꽃 안으로 들어왔다.

"홀연이가 누군지 궁금했을 뿐이다."

"홀연이는 우리다."

"아니. 내 동생이다. 그녀가 어떤 힘이 있는지 궁금할 뿐이다."

"보았지 않았느냐."

"난 조금 더 정확한 것을 원한다."

미화의 불꽃으로 옮겨 온 눈동자가 서서히 커졌다.

"같은 운명을 갖고 잠든 자여. 곧 푸른빛 기운을 가진 자가 오리니. 그자는 이 마을에서 시작할 것이다. 그것은 오래 지속될 것이다. 너는 예언처럼 잠든 자가 될 것이고 오색의 공간에서 눈을 뜨게 될 것이다. 모든 빛이 꺼진 곳에서 너는 시작된다."

"나는 그저 홀연이에게 왜 이런 능력이 있는 것인지 알고 싶을 뿐이다. 그리고 할 수 있다면 그 능력을 없애고 싶다. 홀연이가 그냥 아이로 살기를 바란다. 그것을 내가 하고 싶다."

불꽃에 박힌 눈동자는 흔들리기 시작하며 작은 신음 같은 낮은 탄식을 내뱉었다.

"밤을 만든 자는 밤에 갇히지 않는다. 너의 밤은 아비의 심연에서 온 것. 밤의 구슬을 가둘 수 없다. 바다의 깊은 밤과 하늘의 깊은 밤은 형제다. 홀연이는 하늘의 밤이자 검은 구슬 종족. 네 아비와의 약속을 어긴 죄로 태어난 약속된 운명이다."

"난 아비를 모른다."

"우습구나. 네 어두운 힘의 근원이거늘. 이제 더는 허락하지 않는다. 너의 피는 너무 응어리져 달지 않구나. 돌아가라."

픽- 하는 소리와 함께 미화의 피들은 사방으로 튕겨 사라졌다.

"검은 구슬의 종족이었다니."

방울이의 거친 음성에 미화는 정신을 차렸다.

"검은 구슬의 종족. 홀연. 그래서 나의 밤이 통하지 않았구나. 다행이라고 해야 하나."

"미화. 검은 구슬의 종족은 나도 처음 봅니다."

"주인이라 불러라."

"그건 조금 곤란합니다. 저는 그저 화문과의 거래로 당신을 지킬 뿐. 그리고 종족의 거래는 붉은 깃털의 종족. 불사조뿐이었습니다."

종의 정령은 불편한 듯 서릿발 같은 차가움을 내뿜는다.

"방울. 너는 무슨 거래를 했느냐?"

"말할 수 없습니다."

"여기에서 벗어나고 싶은 거냐?"

종의 정령 방울이는 여간 무녀 미화의 말들이 거슬리는 게 아니었다. 자신의 모든 것들을 알고 있는 듯 담담한 말투가 마음에 들지 않았다. 그러나 더 마음에 거슬리는 것은 부정할 수 없는 끌림이었다. 화문이 쓰러지고 옆에서 무녀 미화의 탄생을 보았던 방울이었다. 비가 세차게 내리는 그날 밤 미화는 내리는 비들을 맞으며 파랗게 식어가고 있었고, 피비린내가 진동하는 화문의 영혼이 마지막 힘을 다해 검에게 빙의되자 방울은 탄식했다. 화문의 영혼이 들어간 검은 방울과 미화를 들고 산을 넘었다. 그리고 의문의 흑룡 종족이 나타나 지친 검을 준비한 책에 단단히 봉인시켰다. 방울에게는 익숙한 화문의 주술이었다. 비는 시간을 멈출 수 없다는 듯 세차게 내리고 있었다. 화문의 죽음을 직접 본 방울은 아주 오래전 자신의 죽음을 떠올렸다. 그렇게 엮어진 운명에서 방울은 미화에게 묘한 끌림을 느낄 수밖에 없었다.

"운명에서 벗어나게 해 준다고 하셨습니다. 화문이."

"방울. 벗어나면 무엇을 하려고?"

방울은 잠시 망설여졌다. 그것까지는 생각해 보지 못했다.

"생각해 보거라. 무엇을 하고 싶은 건지. 나는 너의 과거를 보지 않겠다."

"당신이 저의 운명을 끊어 줄 거라고 하였습니다. 무녀 미화.

곧 푸른빛 기운을 가진 자가 올 것입니다. 준비해야 합니다."

"그 전에 알고 싶은 것이 또 하나 생겼다. 검은 구슬 종족이 아버지와의 약속을 어겼다고 했다. 알고 있는 것이 있느냐?"

"화문과 흑은 그들을 만나러 가고 있었습니다. 그리고 검이 배신했습니다."

그러자 무녀 미화의 눈이 붉게 일렁였다. 모든 것을 태울 듯 붉어지는 불의 기운을 보며 방울은 잠시 침묵했다.

"저 또한…… 입니다."

이윽고 입을 연 방울의 말에 무녀 미화는 작은 숨을 한 번 더 가볍게 내뱉었다. 뜨거운 기운이 사방에 일렁였다. 무녀 미화는 일어나 방문을 열었다. 방의 더운 열기가 사그라들었다.

"곧 가을이 오겠구나. 나는 가을이 좋다."

하늘을 물끄러미 쳐다보며 미화는 어머니를 생각했다. 아버지는 한 번도 본 적이 없었다. 살아있음을 미약하게나마 느끼고 있었지만 부정하고 싶었다. 자신의 운명이 어렴풋이 무엇인지 알 것 같았지만 그것이 자신이 원하는 것인지는 정확하지 않았다.

"방울. 우리는 같다."

"무엇이 말입니까."

"우리는 우리의 운명을 선택하지 못했다. 그러나."

방울은 순간 미화의 얼굴에서 확신에 찬 기운을 느꼈다.

"우리는 다를 것이다. 예언의 끝은 우리의 선택이 될 것이고 우리는 우리의 의지를 보여줄 것이다. 나는 누구보다 행복해질 예정이다."

방울은 자신이 어렸을 때부터 보았던 미화를 떠올리며 마음이 먹먹해졌다. 그렇다. 그녀에게 느끼는 끌림은 화문에 대한 죄책감도 있었지만 미화의 이런 모습 때문이었다. 바로 방울이 갖지 못했던 희망이었다.

"용서해 주시는 겁니까?"

"넌 이미 어머니에게 용서를 받았다."

"하지만."

"나도 용서했다."

살짝 미소 짓는 미화의 얼굴을 방울은 오래 보고 싶었다.

"행복해지려고 하십니까?"

"나는 한 번도 행복하지 않은 결정을 내린 적이 없다."

"누구의 행복을 바라십니까?"

"너와 나. 우리."

"그건 어려운 일입니다."

"그래서 더욱 하고 싶다."

"밤을 여는 자여. 당신은 같은 운명을 갖고 잠든 자. 저의 미래도 여기에 걸어 보겠습니다."

"희망이다."

"희망……? 약한 말입니다."

방울의 목소리가 떨렸다.

"너도 그렇게 지금까지 있었다."

조용한 초가을이었다. 방울은 나중에 이 시간을 가장 아름다운 시간으로 추억했다. 무엇인지도 모를 죽임을 당한 채 종에 갇혔던 방울이었다. 이런 자신에게 희망을 이야기하는 미화의 얼굴을 오래 기억하고 싶다고 노란 구슬 종족에게 고백했다.

석우

"노란 구슬의 정령, 서점 지기여."

알록달록한 조끼를 입은 단발머리의 소녀가 나를 불렀다.

"그 서점 지기를 빼던가, 노랑 구슬의 정령을 빼 주세요."

"음. 이름이 서점 지기인가?"

저 소녀의 이름은 미화고 팔목에 있는 종은 방울이라고 했다. 그리고 지금 책이 있어야 할 책상에 눕혀진 어린아이는 홀연이다. 우리가 이렇게 서점 마계에 함께 존재한다.

"서점 지기여!"

"네네. 이제 그만 부르세요. 그냥 용건을 이야기해 주세요. 지금 제가 당이 필요하거든요."

"나는 네가 무슨 말을 하는지 아직 잘 이해가 가지 않는다.

그저. 놀랐느냐?"

놀랐다. 내가 노란 구슬의 정령 같은 건 줄 몰랐다. 꿈이 아니라는 사실이 더 놀랍다. 이제 이렇게 동거라도 해야 하는 건가. 설마 우리가 세상을 구하는 것은 아니겠지. 여러 가지 생각들이 스쳐 지나간다.

"저도 생각을 좀 정리해야 해서요. 제가 이 건물을 사긴 했지만 그렇게 큰 건물도 아니고요. 이게 1930년대에 지어진 건물이라 다 목조라고요. 삐걱삐걱합니다. 이층에 방이 조금 있긴 합니다만 하나는 옷방이고 하나는 부엌이고 나머지 방 한 곳에만 침대가 있다고요. 이층에서 우선 둘이 침대에서 자고 당분간 제가 옷방에서 자는 걸로 할까요? 아니면 가실 곳은…? 없겠죠. 그렇다면 혹시 어디서 오셨어요?"

미화라는 소녀가 책을 가리켰다. 제발. 지명을 말해다오. 미화는 다시 천천히 책을 가리켰다.

"아, 맞다. 책에서 오셨죠? 책에서 쿵 떨어지셨나요? 내가 그래서 들어오는 걸 못 봤구나. 저기 그러면 이 아이는? 아, 밤에서 왔죠. 그죠? 그럼 이제 어디로… 가실 건가요?"

"서점 마계."

"아, 여기?"

세상을 살면서 많은 시련이 있었고 많은 일들이 있었다. 내가 그렇게 편하게 세상을 산 것 같지는 않았는데 살면서 지금이 가장 큰 시련이 아닐까? 어디로 보낼 수도 없고 사라지지도 않을 것 같은데 궁금한 거라도 물어봐야 하나 싶었다.

"왜 온 거에요?"

"이곳이 오색의 공간이다. 서점 지기여."

"아닐 수도 있잖아요?"

"맞다."

"확실하죠?"

미화라는 소녀의 눈이 살벌하게 빛이 난다.

"맞아요. 그런 것 같습니다. 그럼 저는 정령이고요? 그럼 그쪽은?"

"나는 무녀 미화."

"아 맞다 맞다. 무녀. 그러면 방울이는 종의 정령? 그럼 저 아이는요?"

"검은 구슬 종족이 사람으로 태어났다."

"저도 구슬이고 저 아이도 구슬이면 무녀 미화씨는? 무슨 구슬인가요?"

"나는 아버지가 흑. 용의 기운인 푸른 구슬, 어머니가 붉은 새의 종족인 붉은 구슬이다."

"오 구슬이 두 개네요? 그럼 검은색, 노란색, 푸른색, 붉은색. 오색이 아닌데요?"

미화는 고개를 끄덕인다.

"그럼 하나는 어디에 있어요? 빨리 오색이고 뭐고를 해야 끝나는 거죠? 그 하나는 어디에 있습니까?"

불현듯 자신이 불의 기둥으로 걸으며 했던 말이 생각났다.

"내 노래는 우리를 강하게 할 것이고 너를 가장 어두운 그늘에서 빛으로 인도하리라. 세 개의 구슬이 모이면 노래가 시작되고 네 개의 구슬이 모이면 기억이 다시 시작되며 다섯 개의 구슬이 모이면 여의주가 되리라."

"그래. 네가 그렇게 말했다."

"그러면 제 기억이 다시 시작되어야 하는 거죠? 언제 기억이 시작되는 걸까요?"

내가 무슨 정신으로 저런 말을 했는지 도통 알 수가 없지만, 이 말대로라면 기억이 다시 시작돼야 하는데 아무런 기억이 나지 않았다. 내가 정령으로 살았다는 그런 과거일 것인데, 하필이면 또 정령이라니 라는 생각뿐 다른 생각은 전혀 나지 않는다. 정령은 예쁜 것이 아니었다.

"거짓말로 말을 할 수도 있는 겁니까?"

미화라는 소녀는 그저 가만히 나를 지켜보고 있었다. 나도 내가 무슨 말을 하는지 모르는데 그녀는 더욱 그렇겠지 라는 생각이 들었다. 문득 꽃고무신이 또 눈에 들어왔다.

"그 어디서 왔는지 모르겠는데 정말 그 신발은 아닌 것 같습니다. 적들이라도 오면 뛰어야 하는데 뭐 도망가지도 못하고 잡히겠어요."

"나는 도망가지 않는다."

"제가 뭐 도망간다는 게 아니라, 그래도 혹시 모르잖아요?"

"너는 아직 너를 받아들이지 못했다. 그래서 기억이 시작되지 못한다."

"네 개 모였으면 뭐 시작해야지. 틀렸네요. 틀렸어."

미화라는 소녀는 여전히 어린 소녀를 보고 있었다. 소녀가 깨어나지 않아서 내 기억이 안 돌아오는 것일까. 진짜 기억이 돌아온다면 나는 어떻게 이 세상을 살아야 할지 모르겠다. 무녀라고 하더니 내 생각을 읽는 것처럼 눈빛이 고요했다. 점 한번 본 적이 없는데 이런 밤을 여는 자와 함께 있으니 무척 긴장이 됐다.

"홀연이?는 걱정하지 마세요. 제가 최선을 다했습니다."

"안다. 넌 그랬을 것이다."

"음. 그랬을 것이다?"

"나는 너를 알고 있다."

"저를요?"

"모습이 많이 변해서 처음에 알아보지 못했다. 서점 지기여. 그때는 고마웠다. 그런데 왜 이름이 그렇게 된 것이냐?"

"제 이름이 뭐였습니까?"

그러자 아까 어린아이를 안았을 때처럼 아찔한 기운이 느껴졌다. 질문을 한 것은 나인데 사각거리며 돋아나는 땅의 기운이 발끝에서부터 뻗어 나오자 당황스럽다. 몸으로 올라오는 노란 기운들이 반갑고 서러웠다.

"네 이름은."

"내 이름은 석우"

나의 이름은 석우였다. 눈을 감자 어느새 굉장히 빠른 바람을 타고 태초의 땅에 서 있었다. 모래바람이 부는 사막에서 뜨거운 햇빛을 받으며 눈을 떴다. 몰아치는 땅의 기운에 숨이 막히지만 정겹다.

"나 노란 구슬의 정령이자 흙의 기운을 가진 땅의 수호자. 동맹이자 친구인 붉은 깃털의 종족 화문을 뵙니다."

생생하게 들려오는 그리운 아버지의 목소리였다.

"석우야. 인사해야지. 우리의 친구 화문이다."

"우야. 반갑구나. 내가 너에게 부탁이 있어 왔다."

기품이 있는 여성의 주위에서 느껴지는 재의 냄새가 흙의 냄새에 섞였다.

"나의 뱃속에 있는 아이는 친구가 필요한데. 네가 해 줄 수 있겠느냐?"

완전히 얼어서 끄덕이는 나의 모습이 보였다.

"우야. 언젠가 나의 딸이 너를 찾아가면 그녀의 진정한 모습을 찾을 수 있도록 도와줄 수 있겠느냐? 대신 너에게 약조하마."

재의 냄새가 다시 강하게 났다. 모래바람이 더욱 거세지며 나는 정신을 잃어가는 미화를 업고 도망치고 있었다. 그녀의 상처는 깊었지만, 그것보다 주술이 잘못되었는지 역공을 맞아 잠에 빠지고 있었다.

"집… 으로."

"안 될걸요."

"집으로…… 가야 한다. 아이가. 있다."

"그가 따라옵니다. 하. 진짜 고집 엄청 세다는 건 화문님이 말 안 하셨는데."

"집으로 가지 않으면. 아이가 죽는다."

곧 부서질 무녀 미화를 업고 절뚝거리며 나 또한 정령의 힘으로 밤의 결계와 싸우고 있었다. 무녀 미화의 몸 자체가 정령들이 아니면 버틸 수 없는 어둠의 힘이 존재했다.

"힘들어요. 집으로만 갑니다. 난 몰라요."

그러나 내 앞에 흑룡이 나타났다.

"놓고 가라."

다 낡아 거의 떨어져 있는 옷 조각들이 붙어 있는 처절한 상태였다.

"헐벗은 주제에. 물건이냐. 놓고 가게."

"정령 주제에. 용족에게 감히 말이 많구나."

"푸른 용이 오고 있어. 지금 쫓기는 중이라고. 너까지 왜 그래? 그리고 지금 나 엄청 힘들거든. 미화가 지금 자꾸 밤을 연다고."

"밤을 여는구나. 역시."

"몰랐어? 아. 괜히 말했잖아. 그러니까 방해하지 말고 저쪽으로 가 있어. 아빠가 말 많이 하지 말라고 했는데."

투덜거리는 나에게 흑룡이 절뚝거리며 다가왔다.

"어허. 왜 이래. 나 화낸다!"

"돕겠다."

흑룡은 무녀의 한쪽 팔을 잡았다. 밤의 장막이 펼쳐지자 괴로운 듯 찡그린 표정이 역력했다.

"대단하군. 역시 수장 흑의 딸인가."

"허. 흑룡의 수장 흑의 딸이었어? 난 붉은 깃털의 종족 화문의 딸인 줄 알았는데? 누가 거짓말한 거야?"

"두 분의 딸이다."

"와. 대단한데. 처음부터 말해주지. 그럼 안 했잖아. 나 여기저기 다 쫓겨야 하는 거야? 지금? 여하튼 나중에 둘 중 한 분이 약조는 꼭 지키겠네. 됐다, 그럼."

집에 다다르자 미화가 쳐 놓은 강한 결계가 느껴졌다.

"아이고. 아주 대단하다. 대단해. 아파 죽겠다."

미화는 정신을 잃고 있었다. 어디선가 비린내가 진동하는 소금기가 느껴졌다. 푸른 용이었다.

"사용이다."

검의 상처가 벌어지기 시작했다.

"야 흑룡. 너 세냐? 너 세면 이 여자 부탁 좀 하자. 절대 죽으면 안 된다고 했어. 할 수 있어?"

미화가 사용의 냄새를 맡았는지 눈을 뜨기 시작했다.

"이 사람 일어나면 또 난리 난다. 빨리 들어가."

흑룡은 조용히 미화를 업었다.

"난 흑룡의 검이다."

"검? 엄청 세 보인다. 가라."

"넌 그의 상대가 못 된다. 알고 있나."

"야. 너 내가 그냥 숨만 쉬고 정령 된 줄 아나 봐? 그리고 정령이 얼마나 힘든데. 할 것도 많고. 네가 뭘 알겠냐? 넌 모르겠지만 난 아까부터 기를 모으고 있었다고."

무언가 머리가 쭈뼛하는 느낌이 들었다. 지지직거리며 나의 과거가 흔들렸다. 무녀 미화의 힘이 느껴졌다. 용솟음치며 하늘로 솟구치는 검붉은 피의 냄새였다. 어느덧 미화는 열 손가락에 피를 내어 공기의 부적을 만들고 있었다. 공기마다 그녀의 피를 머금으며 집 전체에 진이 쳐졌다. 이글거리는 막이 생기고 있었다. 처음 보는 광경이었다. 검은 그저 무녀 미화의 주술을 지켜보고 있었다.

"미화. 더 이상 움직이면 안 됩니다."

"언니? 언니."

어린아이의 소리가 희미하게 들려오고 미화는 아이를 안았다. 곧 어린아이는 정신을 잃었고 미화는 검을 노려보았다.

"배신자는 그 피로 용서를 빌라."

"곧 사용이 옵니다. 무녀 미화."

검은 정신을 잃은 아이를 유심히 바라봤다.

"노란 구슬의 종족, 흙의 정령, 땅의 수호자 석우여! 검을 살려서 내보내지 마라."

"지금 우리 다 죽게 생겼어요."

미화의 엄청난 힘이 공기를 부러뜨리듯 밀치고 있었다. 석우는 그 힘을 느끼며 몸이 튕겨 나왔다. 어느새 다시 엄청난 속도로 서점 마계로 돌아와 있었다.

"아? 나 정령이었네."

"그렇다. 너의 이름은."

"네. 제 이름은. 하······. 그. 노란 구슬의 종족. 흙의 정령, 땅의 수호자 석우."

"그렇다."

"뭐 이렇게 내 이름은 길어요? 아니 아무리 과거의 나지만. 이름이 너무 길어서 못 외우겠는데요?"

"투덜거리는 게 똑같다. 곧 익숙해질 것이다. 노란 구슬의 종족."

"그만. 그냥 석우라고 해 주세요."

"석우여!"

"네, 이제 저는 뭐 어떻게 해야 합니까? 오색의 방인데 색이 하나가 빈다니까요? 색이 하나 더 생겨야 이게 끝나지 않습니까?"

"네가 말한 예언?"

"네. 내 노래는 우리를 강하게 할 것이고 너를 가장 어두운 그늘에서 빛으로 인도하리라. 세 개의 구슬이 모이면 노래가 시작되고 네 개의 구슬이 모이면 기억이 다시 시작되며 다섯 개의 구슬이 모이면 여의주가 되리라."

"이미 모였다."

미화는 의미심장한 말을 하며 일어났다. 그리고 홀연이의 곁으로 다가와 손을 잡았다.

"이제 일어나 그만 잠에서 깨어나라."

홀연은 조금씩 움찔거리기 시작했다. 미화의 검붉은 기운이 내 눈에도 보이기 시작했다. 기운은 안개처럼 자욱하게 아이의 곁으로 깔리며 몸을 칭칭 감고 있었다. 나는 나도 모르게 기운을 넣었다. 이게 된다는 것이 너무 신기했다. 미화는 나의 기운을 느꼈는지 살짝 웃음을 비췄다.

"언니. 이제 돌아온 거지?"

어린아이의 힘없는 목소리가 이어졌다.

"이름을 잃었던 자들이 이름을 찾고 긴 잠에서 깨어나 자신의 색을 찾을 것이다. 그 순간 푸른 용의 눈이 떠지며 새로운 전쟁이 열릴 것이다."

무녀 미화의 말이 검붉은 기운과 함께 깔리고 있었다.

"하. 전쟁이구나. 아, 그러면 우리 편이 많은 게 좋은 게 아닌가요? 검은요?"

"죽었다."

"아. 네. 그러면 우리 편은 또 없나요?"

"없다."

"겨우 두 명이서 어떻게 싸워요? 한 명은 더군다나 누워 있잖아요."

"네 명이다."

팔목에 종이 종이 말을 한다. 아. 종에도 정령이 있다고 했다.

"그럼 세 명이잖아요?"

"네 명이다. 너도 싸운다."

앙칼지게 종의 정령 방울이 말을 했다. 마음에 안 드는 녀석이었다.

"아 나도. 나도 싸우는구나. 나는 노란 구슬의 종족. 그래. 구슬이니까."

점점 다행스럽게도 우리의 기운으로 홀연의 얼굴색이 좋아졌다.

"정말 저도 싸웁니까?"

무녀 미화는 심호흡을 하며 말했다.

"노란 구슬의 종족, 땅의 정령, 흙의 수호자 석우여! 싸워라! 피로서 맺은 약속을 다 하라."

"노란 구슬의 종족, 흙의 정령, 땅의 수호자입니다."

미화의 동그라진 눈이 달 같다. 그렇다면 밤이 안 무서울 것 같다는 생각이 들었다.

제4장

토해지고 읊조려지는 듯
퍼지는 재의 무게

이야기처럼 전해졌던 나의
핏빛 붉은 눈을 마주하리라

오색의 방

석우는 기억의 마지막 장면을 회상하고 있었다.

기억의 마지막 순간에서 어떤 굉장한 힘에 의해 튕겨져 나간 후, 현재 상황이 어떻게 된 것인지를 알아야 나머지 하나의 색을 채울 수 있을 것 같다는 생각이 들었다. 어린아이와 소녀 그리고 팔목에 종인지 방울인지와 한편이라는 게 믿어지지 않았다.

"이건 죽으라는 거야. 이런 파티는 그냥 점수 주는 파티라고. 이름을 다 찾았는데. 나도 기억을 거의 다 찾았는데. 아 이 상태로 사용이 만나면 그냥 죽는 거야. 엄청 세던데."

골똘히 생각해도 도저히 생각이 나지 않은 석우는 답답해하며 다시 1층 서점에 있는 무녀 미화에게 갔다. 정신을 차린 홀연이가 미화의 곁에 딱 붙어 있었다.

"미화. 도대체 어디서 나온 거예요?"

"아저씨? 아저씨가 그 노란-"

"알면 됐어. 나 그런 사람이야. 너네 언니 어디서 나왔는지 좀 먼저 듣자."

"책이다."

"아니, 그게 아니라……. 여기 다 책인데요? 어느 책이지?"

"모른다."

석우는 1층 자신의 컴퓨터에서 CCTV 녹화영상을 찾기 시작했다. 어느새 홀연이가 바짝 다가와 신기한 듯 보고 있었다.

"우와 아저씨. 이게 뭐예요? 진짜 신기하다."

"너 원래 이렇게 호기심 많고 말 많고 그런 캐릭터니? 혹시?"

"네. 언니가 자꾸 조용히 하라고 해요."

"그렇구나. 내가 너 누워 있는 것만 봐서 잘 모른다."

"나 밤에 아저씨 만났는데?"

"하……. 어디 가서 그런 말 하지 마. 아저씨 대출금 내야 해. 이제 현실에 있으니까 현실을 살아야지. 여기서는 대출금을 내야 하는데, 지금 너의 발언은 너무 부적절하다."

홀연이는 재미있다는 듯 석우의 곁에서 폴짝거리고 있었다.

"아니, 미화. 홀연이 다시 재워요."

홀연이는 석우가 쩔쩔매는 모습을 재미있다는 듯 깔깔거렸다. 조금 간지러운 느낌이 들었는지 석우는 몸을 긁어댔다. 미화는 평화로운 와중에도 조바심이 났다. 모든 기억이 다 돌아온 것은 아니었다. 무언가 아주 중요한 게 있었던 것 같다. 집중을 하며 나지막하게 방울에게 기운을 보냈다.

"방울아. 흘연이가 너에게 재미있는 것을 알려 줬다고 했지? 그게 무엇이냐?"

무녀 미화의 말에 스르륵거리는 소리를 내며 종이 살짝 움직였다.

"무녀 미화. 저는 당신을 지키는 자. 그뿐. 모든 것을 말할 의무는 없습니다. 당신은 제 주인이 아닙니다."

"난 너의 주인이 아니다. 하지만 우리는 친구다."

"그런 말은. 동의할 수 없습니다. 다만 무녀 미화. 누군가의 기운도 읽지 못할 정도로 약해지셨습니다."

무녀 미화는 방울이의 대답을 듣고는 일어나 책 한 권, 한 권을 만지기 시작했다. 그녀가 만질 때마다 글자들이 미화의 손으로 빨려 들어갔다. 스르륵 스르륵 책의 글자들이 그녀의 손으로 들어가자 CCTV를 보다가 놀란 석우가 달려왔다.

"미화, 미화. 그만둬요. 책 팔아야 해요. 글자를 다 가져가면 어떻게 팝니까? 내가 당신이 나온 책 찾아 줄게요."

그 말을 들었는지 못 들었는지 멈춰선 미화는 밖으로 나가더니 다시 서점으로 들어왔다. 들어와 오른쪽 방의 책들이 있는 책장에서 오른쪽 세 번째 칸을 바라봤다. 그리고 두 번째에 꽂혀 있는 산해경을 꺼냈다. 산해경의 58페이지의 그림을 찬찬히

보던 미화는 그림에 손을 얹었다.

"나와라."

"……. 들켰습니다. 잘 지내셨나요? 하. 제 행동을 읽으신 겁니까. 대단하십니다."

아무 일도 없다는 듯 잠잠하던 책에서 이윽고 울림이 퍼졌다. 그리고는 형체가 없는 투명한 것이 흘러나왔다.

"무녀 미화에게 인사드립니다."

투명한 형체는 점점 늘어지고 길어지더니 무녀 미화와 같은 모습을 하고 있었다.

"재주가 아주 좋구나."

"칭찬 감사합니다."

무녀 미화는 자신과 똑같은 형태의 모습을 한 존재를 보며 익숙함을 느꼈다.

"워워. 천천히 생각하세요. 빨리 끝나면 재미없습니다."

티격태격하던 석우와 홀연은 어느새 미화와 똑같은 모습을 한 존재를 발견하고는 말을 잃었다. 한참을 번갈아 보던 둘의 표정이 얼어붙었다.

"언니? 언니? 언니가 또 둘이야?"

"아 노란 구슬의 종족, 흙의 정령, 하. 아니 나는 뭐 이런 능력이 없어? 나는 무슨 능력이 있는 거지? 누가 미화 씨인가요?"

"장난은 그만두거라."

"너야말로 그만두거라."

이제 말투까지 똑같아진 두 사람을 보며 홀연은 울상이 되어 버렸다.

"언니, 그냥 놔두지. 뭐 하러 나오라고 했어. 그냥 그대로 두지."

석우는 망연자실한 얼굴로 자신의 팔을 꼬집으려다 말고 한숨을 쉬었다.

"멍 좀 봐. 그만 꼬집어도 되겠다. 기억이 돌아온 지 얼마 안 돼서 아직 다 적응이 안 됐다고요. 우리 살살 갑시다. 아. 그리고 진짜 알록달록 조끼 좀 당장 어떻게 해요. 이제는 두 개가 되다니."

무녀 미화는 자신과 꼭 닮은 미화를 보며 생각에 잠겼다. 그때 석우가 깔깔거리며 웃음을 지었다.

"홀연. 나 알았다. 미화는 방울이가 있잖아. 방울이 부르자 방울이."

"아 맞다. 와 노란 구슬 종족은 천재인가 봐요."

"방울아! 나와라!"

기세 좋게 부르는 석우 앞에 무녀 미화의 왼쪽 팔목에 방울이 드러났다. 그러자 맞은 편 미화의 왼쪽 팔목에도 똑같은 방울이 드러났다. 방울은 똑같은 소리를 내며 울부짖고 있었다.

"노란 구슬 종족은 뭐 능력 없어요?"

시큰둥해진 홀연이의 말에 석우는 살짝 화가 난 듯 찡그렸다.

"너는 동생이잖아. 동생이 언니를 모른단 말야? 그리고 내가 너 살렸거든. 노래 부르고. 엄청 대단한 거지."

"나는 아직 어리잖아요."

눈물이 살짝 고인 홀연이를 보며 석우는 진지해졌다. 석우는 습관처럼 서점 마계 창밖을 바라봤다. 창가에 어느덧 뉘엿뉘엿 어둠이 깔리고 있었다. 석우는 창문을 보다 급하게 자신의 가까운 쪽에 있는 미화의 조끼를 잡아당겼다.

"이리 오세요. 무녀 미화. 저건 뭡니까? 창문에 비치지 않네요."

그러자 무녀 미화로 변한 존재는 깔깔거리며 웃기 시작했다.

"와 역시. 그때도 나를 찾으시더니. 이번에도 당했네요. 그런데 미화. 당신은 조금도 변함이 없군요. 두렵지 않으십니까?"

"넌 여전히 별로다. 잔재주라니."

"홀연이는 모르던데."

그러자 홀연이는 훌쩍거리며 당차게 소리쳤다.

"알았다, 바보야!"

"하. 모르셔서 그렇게 언니 손을 뿌리치고 도망가신 것 아닙니까?"

"아. 그때. 그때도 그랬구나. 너무 못 됐잖아."

"그런가요?"

무녀 미화로 변한 존재는 순식간에 창을 모두 깨 버렸다. 그리고는 시간을 잠시 멈췄다.

"골치가 아프군. 여전히 도도해. 무엇이 그렇게 자신 있다는 거지. 쟤네들은 또 여기 왜 나타난 거야. 주술도 반사된 주제에. 뭐가 저렇게 당당하냐고."

잠시 시간이 멈춘 서점 마계에서 혼잣말을 하던 존재는 미화의 모습으로 나란히 다시 섰다.

"아저씨? 이유를 뭐 하러 말해줘요. 진짜. 힌트 다 주고."

홀연이는 석우의 손을 야무지게 꼬집었다. 그러자 오른쪽의 무녀 미화가 석우보다 더욱 깜짝 놀라며 홀연이를 바라봤다.

"홀연아. 생명의 은인이다."

다른 왼쪽에 있는 무녀 미화가 말했다.

"홀연이에게 수작 부리지 마라."

석우와 홀연이는 서로를 바라보며 한숨을 쉬었다.

"홀연아. 네가 나보다는 그래도 언니를 잘 찾을 수 있지? 난 본 적이 별로 없다."

"아저씨는 능력이 진짜 없나 보다. 그런데 사실 나도 없는데. 우리 어쩌죠. 찾아 주면 안 돼요? 저 이상한 미화는 누군지 모르지만 제 원수라고요."

오른쪽의 미화는 눈을 감으며 주술을 외우고 있었고 재빠르게 왼쪽의 미화는 홀연이의 곁으로 다가왔다.

"손 잡아라."

다급하게 외치는 소리에 과거의 잘못 선택한 기억이 홀연이를 괴롭혔다. 이번에도 언니를 맞추지 못한다면 어떻게 되는 것일까? 홀연이의 망설임에 오른쪽 미화가 다정스럽게 말을 건넸다.

"홀연아. 걱정하지 마라. 너는 언니를 알아볼 수 있어. 그리고 그런 것 하나도 중요하지 않단다."

왼쪽의 무녀 미화는 눈물이 가득 고인 홀연이를 보며 손을 다급하게 내밀었다.

"홀연아, 숨어. 끝까지 말을 안 듣는구나."

홀연이의 참고 있는 울음이 터지는 순간 석우는 홀연이를 달래는 척하며 둘 사이에 섰다. 그리고는 홀연이에게 외쳤다.

"홀연아. 오른쪽이 미화다."

그러자 오른쪽의 미화는 편안한 미소를 지었다. 오른쪽 미화가 방심하는 순간 땅이 움푹 파이며 석우는 오른쪽 미화의 발을 묶어 버렸다. 미화는 모래 지옥처럼 바닥에 점점 몸이 잠기고 있었다.

"석우. 이게 무슨 짓이냐. 내가 오른쪽이다. 빨리. 어서. 나를 잡아라."

"넌 미화가 아니다."

"석우. 나다."

바닥은 점점 깊은 모래로 차오르고 오른쪽 미화를 삼키고 있었다.

"아저씨? 진짜 언니면 어쩌죠?"

혹 왼쪽 미화가 들을까 조그만 목소리로 말하는 홀연에게 석우는 꿀밤을 때렸다.

"아야. 왜 때려요?"

"너는 언니도 모르냐. 미화는 그렇게 상냥하지가 않아."

"그건 그렇지만. 그걸로는 모르잖아요."

"그렇지."

석우는 왼쪽의 무녀 미화를 보며 살짝 윙크를 했다.

"냄새가 난다. 이제야. 코가 뚫렸어."

미화는 천천히 잠기고 있는 자신의 모습을 한 존재를 향해 피 한 방울을 튕겼다.

"내 너를 소멸하리라."

"내가. 내가 널 완성시켰다. 그리고 예언을. 날 살리지 않으면 영원히 후회하게 될 거다. 넌 나에게 빚을 졌다."

미화를 흉내 내고 있는 존재가 급하게 말했다.

"무슨 예언을 말하느냐."

"같은 운명을 갖고 잠든 자. 나는 너를 재워서 예언을 완성했다. 기억해라. 무녀 미화."

"내 주문을 반사 시켰던 것은 사용의 짓이 아니라 역시 다른 존재였어. 너로구나."

방울이가 피의 냄새를 맡고 조금씩 몸을 비틀었고 미화는 조금씩 기억을 되살렸다. 그러자 미화는 급히 자신의 피를 거둬들이고는 석우의 주술을 멈추게 했다.

"나를 흉내 내는 자여. 너의 존재를 밝혀라."

주술이 멈춰 허리까지 바닥에 삼켜진 모습의 존재는 목과 어깨를 살짝 돌리며 불편한 기색을 하며 침을 뱉었다.

"하. 이러니 도망가지도 못하겠군요. 저런 흙의 정령에게 잡힐 줄이야. 무슨 냄새가 난다는 건지."

"여기 영업집이야. 침을 뱉다니. 나 이거 서점으로 용도 변경하다가 죽을 뻔했다고. 너네 집 아니라고 진짜. 미화. 나 다시 주술 사용해도 됩니까? 어떻게 하는지 제가 이제 알거든요? 그리고 흙의 정령 따위라니. 나 수호자도 있어. 그리고 나 구슬이야."

"참아라. 노란 구슬의 종족, 서점지기 석우."

미화는 자신를 흉내 내는 존재의 이마에 핏방울을 묻힌다.

"너의 존재를 밝히고 과거를 보여라."

"더러운 핏방울을 치워라. 내가 누군 줄 알고."

"그럼 너의 목소리로 말해라. 너의 존재로 보여라."

"나라고 네가 좋아서 너를 흉내 내는 줄 아느냐."

미화는 차가운 표정으로 이마의 핏방울을 찍고 눈을 감았다. 공기 중으로 뿌려진 피들은 장막처럼 퍼지며 여기저기서 피비린내가 진동하기 시작했다.

"어떤 존재인지 네 입으로 밝혀라."

"너는 내가 누군지 안다는 말 같다?"

"안다."

"내가 누구냐?"

조금 전의 여유는 온데간데없이 사라지고 초조한 기색이 역력한 모습이었다.

"너는 태초의 나이며, 너이다."

그러자 미화를 닮은 얼굴이 울퉁불퉁해지며 새로운 모습으로 변하기 시작했다.

"알고 있었구나."

"알고 있었다. 예언을 완성한 자여! 당신의 모습으로 무녀 미화를 맞이하라."

그러자 찰랑거리는 게 하얗다 못해 거의 투명한 머리카락이 드리워졌다. 색이 전혀 들어 있지 않은 창백한 얼굴에는 눈에도 입에도 색이 거의 없었다.

"처녀 귀신 같은 건가요? 하얀 소복이니까?"

석우의 말에 홀연이는 얼른 석우의 뒤로 쏘옥 숨었다.

"귀신이에요?"

"네가 무서워하면 안 돼. 지금. 네가 지금 모습만 어리지. 내가 너 데리고 오느라 얼마나 힘들었는지 알아? 너 거기 엄청 오래 있었어. 내가 막 노래 부르고 그래서 살았잖아. 지금 귀신을 무서워하면 어쩌냐."

"기억 안 나요."

거의 투명한 모습을 드러내며 눈을 감고 있는 존재는 그들의 말을 들으며 신경질적으로 또 바닥에 침을 뱉었다. 송골송골 바닥에 땀처럼 뱉어지는 구슬들이 석우의 신경을 또 건드렸다.

"하. 정말. 나 주술 씁니다. 지금? 미화. 나 주술 쓸게요. 여기

목조 건물이라고!"

미화는 신경 쓰지 않는 듯 질문을 이어갔다.

"너는 언제부터 여기에 있었느냐."

"태초부터."

"연약하고 투명한 태초의 물이여. 어쩌다가. 이렇게 타락했느냐?"

"너희들이 우리를 더럽혔다. 나는 구슬을 잉태한 자. 그들의 전쟁을 말리려고 했다. 그러나 그들은 내 말을 전혀 듣지 않았다."

"괴로웠겠구나. 그런데 왜 내 주위를 맴돌고 있었느냐?"

"너를 내가 직접 보기 위해서다."

"이제 보았다. 돌아가라."

미화는 석우에게 꺼내라는 눈빛을 보냈다. 석우는 한숨을 쉬며 바닥에 손을 대었다.

"그냥 저대로 둡시다."

"노란 구슬의-"

"네네. 알겠어요."

딱딱하게 굳은 대지가 흔들리며 금세 말랑말랑거리다가 부서진 흙으로 돌아갔다.

"이름을 말하라."

"나는 이름이 없다."

생각보다 큰 키에 흐르는 듯 허리까지 내려오는 하얀 머리카락 사이로 색이 전혀 없는 눈이 미화를 응시했다.

"처녀 귀신이네. 그걸로 해요."

석우가 비꼬듯 이야기하며 손을 떼자 바닥은 다시 제 자리로 돌아왔다.

"아저씨? 그런데 처녀가 왜 귀신이에요?"

"죽어서 귀신 된 거야."

"저는 왜 안 무서워해도 돼요? 죽어서 귀신 되면 무서운데."

"네가 더 무서워."

홀연이는 입을 삐죽 내밀며 이름이 없는 자에게 다가갔다.

"그런데 남자예요? 예쁘게 생긴 남자 처음 봐요."

석우는 어이가 없는 표정을 지으며 고개를 저었다.

"홀연아. 나 봤잖아. 내가 어디 가서 빠질 인물은 아니야. 저런 처녀 귀신에게. 음. 남자 맞죠?"

이름이 없는 자는 꼿꼿하게 서서 아무런 대꾸를 하지 않았다.

"이름이 없는 자여. 너의 이름은 누가 정하느냐?"

"모른다."

"이곳은 오색의 방. 나와 함께 하겠느냐?"

"다음 예언을 하라. 그렇다면 인정하고 너를 받아들이겠다."

미화는 알록달록한 조끼를 벗고 꽃무늬 고무신을 벗었다. 맨발로 선 그녀의 검고 푸른 옷에 허리띠가 핏빛처럼 붉었다.

석우는 미화의 알록달록한 조끼와 꽃고무신을 얼른 주워 속

138 제4장

이 시원한 표정을 지으며 쓰레기통에 재빨리 버렸다. 그러자 홀연은 잽싸게 쓰레기통의 고무신을 주워 신었다.

"버려. 꼬맹아."

"그러기엔 예쁘잖아요. 나 꽃고무신 처음 봐요."

"더 좋은 거 사 줄게. 맞지도 않잖아. 그리고 이런 거 신고 다니면 신고당해. 네가 신고당하면 또 나한테 와서 사람들이 물을 거 아냐. 그러면 또 사람들이 오해하고. 그러면 내가 대출금을 못 갚지."

"아저씨 엄청 똑똑한 것 같아요. 그럼 나 꼭 좋은 거 사 줘요."

홀연은 석우의 손을 잡기 위해 폴짝거리고 석우는 귀찮은 듯 약속을 했다. 그사이 무녀 미화의 팔목의 종이 은은한 소리를 내기 시작했다. 딸랑거리는 자장가 같으면서도 슬픈 소리를 내고, 미화 몸속의 구슬이 나와 원을 그리기 시작했다. 미화의 몸에서 뿜어져 나오는 검푸른 기운들이 뜨겁게 그녀를 감쌌다. 석우는 자기도 모르게 바닥에 손을 대었다. 바닥에서 뿜어져 나오는 노란 기운들이 미화의 기운과 합쳐지며 속도가 점점 빨라졌다.

"내 노래는 우리를 강하게 할 것이고 너를 가장 어두운 그늘에서 빛으로 인도하리라. 세 개의 구슬이 모이면 노래가 시작되고 네 개의 구슬이 모이면 기억이 다시 시작되며 다섯 개의 구슬이 모이면 여의주가 되리라."

석우의 노래가 사방으로 뻗어 나가며 노란 황금색 나뭇가지를 만들었다. 그 기운이 무녀 미화의 곁으로 퍼지기 시작했다. 미화의 몸 안쪽에 뜨거운 기운들과 밖의 차가운 기운들이 균형을 잡았고 종소리는 더욱 선명해졌다. 홀연이는 석우의 모습을 보다가 안쓰러운 듯 다가갔다.

"아저씨는 왜 자꾸 엎드려 있어요."

홀연은 땅에 있는 석우의 손을 응시하더니 자신의 작은 손을 올려놓았다.

"아저씨는 언니 안 아프게 하는 거죠? 나도 아저씨 치료해 줄게요. 호오."

그러자 순식간에 서점 마계의 색들이 모두 사라지고 검은 도화지처럼 변했다. 사람들의 형태들만 흰 선으로 그어진 듯 변하며 무녀 미화에게 푸른색, 붉은색이 빛나고 석우의 노란 선이 더욱 선명하게 빛났다.

"검은 구슬의 종족이 약속을 지키러 왔다. 푸른 용의 기운과 붉은 깃털 종족의 기운을 가진 자를 도와 세상을 구하리라. 약속은 지켜지리라."

미화의 손에서 뿜어져 나오는 검은 기운들이 웅웅거리는 소리를 내며 말을 토했다. 무녀 미화는 고개를 살짝 끄덕이고 다시 집중하기 시작했다. 미화의 몸에서 뜨거운 기운들이 올라오며 점점 옷들이 타기 시작했다.

"무녀 미화. 너무 뜨겁습니다. 더는 안 됩니다."

석우의 손이 붉게 부풀어 올랐다.

"무녀 미화. 견디기가 너무 힘듭니다. 아직 오색이 모이지 않았어요. 아무도 당신의 불을 끄지 못해요. 이제 그만 해요."

무녀 미화는 아랑곳하지 않고 방울을 더 울리며 세상이 깨질 듯한 폭염을 내 뿜었다. 미화의 몸은 하나의 거대한 불꽃이 되며 타올랐다. 석우는 손을 떼버리고 그 자리에 망연자실하며 털썩 주저앉아 소리 질렀다.

"야 태고의 물. 너 물이지? 불 꺼, 빨리. 빨리 꺼."

이름이 없는 자는 그저 그 자리에 서 있었다. 홀연은 소리 내어 울기 시작했다. 불은 순식간에 미화의 몸을 태우고 재로 남았다.

"언니. 언니. 언니. 내가 잘못했어."

홀연이의 울음이 점점 거세졌고 이름이 없는 자는 천천히 몸을 돌렸다.

"기대 이하군요."

"기대 이하? 지금 사람이 재가 되어 죽었는데. 너 때문에 죽었잖아. 네가 예언하라고 해서!"

석우는 흥분하여 지금이라도 당장 칠 기세로 화를 냈다.

"선택은 무녀의 몫. 저는 그저 지켜볼 뿐입니다."

"그래서. 사람이 죽어가는데 그냥 보고 있었냐? 그래서 네가 안 되는 거다."

석우는 용족들과 붉은 깃털 종족의 싸움을 기억해 냈다.

"넌 그냥 지켜보고 있었네."

"당신들이 편을 들어 더 많은 종족이 죽었습니다. 그렇게 피로 더럽혀져 우리는 미친 것처럼 살아야 했습니다. 그 시간이······."

"그저 너희들 깨끗할 생각만 하는군. 붉은 깃털 종족의 화문은 이미 알고 있었다. 그리고 아버지에게 온 거야. 용족의 싸움에서 희생된 흑룡들을 구하고 싶었던 것도 있었겠지. 하지만 그녀가 바란 건 종족 간의 싸움이 아니었어. 나는 그런 화문을 기억하고 있다. 우리는 그 어느 편에 선 것이 아니었다. 화문은 우리에게 죽어가는 모든 것들을 살리라 했다. 우리는 그렇게 했다."

"약속이 있으셨겠죠?"

"그렇다. 약속했지."

이름이 없는 자는 비웃는 듯 눈을 깜박이며 입꼬리를 올렸다.

"화문의 약속은-"

"아저씨, 여기요!"

석우와 이름이 없는 자는 어느새 잿더미 속에 앉아 재를 파고 있는 홀연이를 동시에 쳐다보았다. 그리고는 놀라움의 탄식을 내뱉었다. 불꽃이 일렁이는 깃털들이 재와 함께 하늘로 올라가기 시작했다.

"하. 한눈을 팔면 안 돼. 왜 저렇게 빠른 거야."

석우의 탄식을 뒤로 하고 홀연은 깃털들을 황홀하게 보고 있었다.

"그곳에 주인이 주인을 찾으면 나타날 것이다. 여의주를 갖고 하늘로 오르는 자여. 검은 구슬의 가운데를 뚫고 새로운 세상의 이야기를 시작하리라."

"예언이다!"

이름이 없는 자는 걸음을 멈추고 재 앞에 섰다. 아직도 허공에는 휘몰아치는 불꽃이 일렁이는 깃털이 날리고 있었다. 그리고 이름 없는 자는 결심을 한 듯 주문을 외웠다. 그러자 몸이 점점 투명해지더니 거센 물줄기가 되어 재에 닿았다. 끊임없이 쏟아내는 물줄기를 보며 석우는 물을 손바닥으로 치고 소리를 질렀다.

"아 진짜. 지금은 아니라고. 쟤한테 물 뿌리면 어떻게 해. 이 나쁜 물아."

그리고 그 많던 물들이 사라지자 흠뻑 젖은 미화의 몸이 드러났다. 석우는 너무 놀라 뒷걸음을 쳤고 홀연은 다가와 미화를 꼭 안았다.

"무녀 미화. 이름을 정해주세요. 당신을 받아들이겠습니다."

미화가 검푸른 옷을 몇 차례 툭툭 털자 몸에서 깃털이 날리며 옷은 바짝 말라 예전으로 돌아갔다. 홀연은 미화의 다리를 붙잡고 매달려 훌쩍거렸다.

"저 예쁜 남자요. 언니 탈 때 불 안 껐어요. 그죠. 아저씨?"

미화는 작은 홀연이의 머리를 쓰다듬으며 손을 꼭 잡았다. 그리고는 이름이 없는 자의 눈을 응시했다.

"너의 이름은 주인이다."

주인은 조용히 고개를 끄덕였다.

"저의 이름은 주인. 당신의 이름을 받아들이고 푸른 기운의 용과 싸우겠습니다."

미화와 주인을 바라보며 석우는 당황한 듯 물었다.

"미화. 그러면 나 쟤랑 같은 편입니까?"

"그렇다. 우리다."

"그래. 좀 세 보이니까. 찬성은 하는데요. 그런데 주인이 이름이라니. 님자를 붙이면 너무 내가 약해 보이는데."

투덜거리는 석우를 주인은 조용히 바라보며 낮은 어조로 말했다.

"오색이 되었다."

주인의 말에 석우는 한숨이 나왔다.

"넌 색이 없는데. 무슨 오색이야. 오색이면 이제-"

"이제. 그가 온다."

"색 없다고."

석우는 주인의 말을 애써 무시하며 창밖을 바라본다. 아직 죽기에는 하고 싶은 게 많았다.

"나 우선 싱어송라이터 할래. 그러니까 너는 색이 없는 거다!"

밤의 주인

석우는 가만히 앉아 심각하게 그들을 바라보고 있었다.

"나는 센 거 같고, 미화는 뭐 그 정도면 세고, 주인은 뭐 세고, 홀연이. 음."

홀연이는 석우의 말을 들으며 볼멘 목소리를 낸다.

"아저씨. 나도 엄청 세요."

"너는 지금까지 누워 있다 일어나서 울고 그랬는데?"

"아저씨. 내가 아저씨 손 위에 손 올려놨는데. 아저씨 호오 해 주고."

불현듯 세상이 모두 검은색으로 뒤덮였던 시간이 생각난 석우는 조금 걱정스러운 얼굴로 미화를 바라봤다.

"홀연이가 뭘 한 겁니까. 미화."

"홀연이는 검은 구슬 종족이다."

"확실합니까?"

"그렇다. 내 아비의 약속을 어겨 탄생한 아이라고 했다."

"에이. 검은 구슬 종족 아닌 것 같은데요. 미화도 틀릴 때가 있네요."

미화가 홀연이를 불안하게 보는 모습을 보며 석우는 애써 웃음을 지었다. 석우는 검은 구슬의 종족을 기억하고 있었다. 그들이 모든 생명들을 죽이던 날에 석우는 어떤 생명도 살리지 못했다. 얼마나 자신을 탓하고 탓했나. 석우는 그렇게 잔인한 종족과 홀연이를 도저히 같은 종족이라고 생각할 수 없었다.

"아저씨. 저 검은 구슬 종족이래요. 나도 색이 있다!"

"너 그거 아냐."

"왜요. 언니가 나 검은 구슬 종족이라고 했는데."

"아니라고. 미화, 아니라고 하세요. 애가 아무것도 모르고 그런 거랑 같다고 저러네요."

미화는 더 이상 아무 말도 하지 않았다. 홀연이는 입을 삐죽이며 석우 옆에 있는 의자에 폴짝 뛰어 앉았다.

"아저씨. 나 언니가 만드는 검은 밤이요. 거기서도 다 보여요. 그리고 방울이도 내가 잘랐다가 붙였어요."

"너를 미화의 밤에 가두기 위해서. 그래서 방울을 너에게 맡겼구나."

석우는 조금씩 그날의 기억이 생각나며 퍼즐이 맞춰지는 기분이 들었다. 다시 자신의 힘을 찾아 처음 살린 생명이 검은 구슬의 종족이라니. 석우는 운명이 잔인하다고 생각했다.

"나의 밤은 바다의 깊은 심연이다. 그곳에 가둘 수 없는 것이 처음부터 이상했다. 그러나 그때는 그럴 생각조차 못 했던 게 사실이다. 홀연이는 홀연이다. 더는 아무 말 마라."

"홀연이는 홀연이지. 의자에 앉으면 바닥에 다리도 안 닿는데. 아직 어린아이야."

석우는 괜히 눈을 감고 있는 주인을 발로 툭 쳤다.

"잠든 척하지 마라. 안 재워 준다. 너 밖에서 자. 바다 봐라 잠이 오나. 다 탔다. 네가 빨리 껐어야지. 신고 안 들어온 게 다행이다."

새초롬하게 눈을 뜨며 주인은 어처구니없는 표정을 지었다.

"정령 따위가. 그리고 미화가 태운 거다."

"태우는 거 그냥 봤잖아. 껐어야지. 너 이거 수리비가 얼마나 나오는 줄 알아? 물어내."

석우와 주인은 투닥거리기 시작했다. 홀연은 그 둘을 지켜보며 다행이라고 생각했다. 친해지는 거겠지. 검은 구슬의 종족을 다들 싫어하는 것 같아 불안한 기분이 드는 홀연이었다. 그리고 그날의 기억에 다시 빠졌다.

언니는 끊어진 종을 가지고 나에게 왔다. 아직 그때의 충격에서 벗어나지 못했는지 언니의 얼굴이 더 창백하게 느껴졌다.

종을 가지고 안 나갔으면 절대 이런 일이 일어나지 않았을 텐데 말이다. 언니는 내 얼굴을 오래 보고 있었다.

"언니. 왜 자꾸 말 안 하고 나 보고 있어?"

"홀연아. 이 종을 이을 수 있느냐?"

"아니."

그 말을 못 들었는지 언니는 끊어진 줄에 매달린 종을 나의 손에 쥐여 주었다.

"이어라."

"언니. 나 그런 거 못 해."

"이어보거라."

나는 훌쩍이며 종을 이리저리 만졌다. 이런 일을 해 본 적이 없는데 자꾸 언니가 시키니 무엇이라도 해야 할 것 같았다. 종을 가지고 간 건 자꾸 방울이가 나쁜 말을 해서인데 언니가 이걸 알면 속상할까 봐 아무도 모르게 묻으려고 했다. 동네 아이들이 신기하다고 가져가려고 했을 때도 이상한 물건이기에 말렸지만 아이들은 내 말을 듣지 않았다.

잘해보려고 하면 할수록 언니를 힘들게 하는 것 같았다. 사실 언니가 힘들까 봐 말을 못 하기도 했다. 이제 비밀을 모두 들켜버렸다. 이렇게 들킬 줄 알았으면 다 말할 걸 그랬다.

"언니, 나는 그냥 잘해보려고 한 건데. 일이 자꾸 꼬여."

"홀연아. 홀연이는 홀연이다."

"언니. 무슨 소리야? 내가 나지. 많이 화난 건 아니지?"

"언니는 화나지 않았다. 그저 네가 먼저 말해 주길 바란다. 앞으로도. 네가 생각하는 것들을 미리 말해 주면 좋겠다. 언니가 너무 많은 것들을 모르고 있었다."

언니는 나의 머리를 쓰다듬어 주고 다정하게 안아 주었다. 차가운 어둠이 느껴졌다. 아주 깊고 음침하고 어두웠다. 그러나 난 그 안의 입이 더 무서웠다.

붉게 물든 핏빛 입이 나를 보고 있었다. 이걸 말해줘야 하는데 자꾸 망설여졌다. 이 종을 이어서 우선 언니를 기쁘게 하고, 그리고 나중에 언니가 기분이 좋아지면 이야기해야겠다.

"언니. 내가 한번 이어볼게."

나는 종을 마구 흔들었다. 이상하게 소리가 나지 않았다. 분명히 소리가 아주 잘 났었는데 말이다.

"홀연아. 힘들면 나중에 해도 좋다."

"언니? 그런데 아줌마 말이야."

언니는 역시 얼굴빛이 안 좋아졌다."내가 언니 밤에 들어가 볼게. 나는 거기에 갇히지 않는 것 같아서. 가 볼게."

"홀연아. 그저 깜깜한 것뿐이냐?"

나는 잠깐 무서웠지만 최대한 눈을 크게 떴다.

"응. 그저 어두울 뿐이야. 그래도 난 언니 숨소리를 느껴. 그리고 이상하게 그곳이 잘 보여. 아줌마도 거기 있나 볼 수 있을 거야."

"그러면 그저 보고만 오거라."

언니는 나를 아주 꽉 안아주었다. 의식이 흔들리며 의식을 찾으려고 할 때마다 안 된다고 외쳤다. 언니의 밤에 들어가야 했다. 아주 차갑고 시린 그 밤 속으로 말이다. 언니의 밤은 뼛속까지 시릴 정도로 춥고 차가웠다. 완전히 들어가지 못했지만 느낄 수 있었다. 분명히 누군가의 존재였다.

"아줌마? 아줌마."

어디에 있는 걸까. 나는 한참을 걸었다. 어디선가 자장가 소리가 들렸다. 이 소리에 귀를 기울이면 자꾸 잠이 왔다. 나는 손으로 귀를 막고 한참을 불렀다.

"아줌마. 저 홀연이예요. 빨리 대답해 주세요."

그리고 저 멀리서 아줌마의 소리가 들렸다.

"홀연아. 홀연아. 여기야."

소리가 나는 쪽으로 달리기 시작했다. 저 붉은 입을 모른 척 뛰었다. 입맛을 다시는 저 입을 말이다. 아줌마가 드디어 보였고 나는 아줌마의 손을 덥석 잡았다.

"아줌마. 여기 있었군요."

"여기가 어디야. 홀연아. 너무 깜깜해."

"아줌마. 아줌마 다리가 없네요?"

아줌마의 몸은 잿빛을 내며 타고 있었다. 검은 잿빛이 아줌마의 몸을 지배하고 있었다. 나는 애써 웃으며 재를 털어내기 시작했다.

"홀연아. 아줌마 찾아와줘서 고맙다. 그리고 진짜 미안하다."

"아줌마. 약해지면 안 돼요. 아 그리고 뭔가 종이 같아서 하나도 안 무섭다. 안 무서워요. 아줌마 괜찮아 보여요."

"내 아들은 어떠니?"

"말짱해요. 지금 기다리고 있어요. 빨리 가야 해요."

아줌마는 나의 손을 꼭 쥐었다.

"홀연아. 나갈 수 있지? 나 두고 가."

"아줌마. 언니가 일부러 그런 게 아니에요. 알죠? 우리 언니 그렇게 나쁜 사람 아니에요. 아. 그리고. 그리고 여기서 나가면 말짱해질 수 있어요."

"그럴까?"

아줌마의 눈이 희망에 반짝였다. 난 거짓말을 했다. 난 거짓말쟁이인지도 모른다. 그러나 나는 도저히 아줌마를 두고 갈 수가 없었다. 마음속 깊이 염원하고 있었다. 내 말이 모두 사실이 되기를 말이다.

"제 손을 꼭 잡으세요. 저 붉은 입이 없는 곳으로 가야 해요."

그리고 그 말이 끝나자 붉은 입이 벌어졌다.

"나는 네가 무섭지 않아."

"그렇겠지."

붉은 입의 말이 들렸다.

"검은 구슬의 종족이여. 그 여인은 나의 먹이다. 두고 가라."

"그럴 수 없어. 이 사람은. 이 사람은 아직 살아 있어. 언니는 너 같은 것 때문에 어떤 사람도 곁에 두지 못할 거야. 언니는 나쁘지 않아. 네가 나쁘지."

아줌마는 손을 꼭 잡은 채 두려움에 떨었다.

"홀연아. 누구랑 이야기하는 거니?"

"아줌마 귀 막아요. 나 이제부터 엄청 나쁜 말 할 예정이에요."

눈물이 날 것 같지만 절대 울지 않을 것이다.

"언니는 너 같은 게 있다는 걸 알면 절대 자신을 용서하지 않을 거야."

"알고 있다."

"아니. 난 너의 말을 믿지 않아."

"남자아이의 손에 종이 파묻힐 때도 그녀는 말리지 않았어. 저 아줌마가 사라졌을 때 오히려 조롱했다. 너도 옆에 있었지."

무서웠다. 저 불타오르는 입이 나까지도 삼킬 것 같았다.

"검은 구슬의 종족이여! 이제 그만 가거라. 너와 나는 같은 어둠. 어둠은 서로를 탐하지 않는다. 너희 종족은 모든 생명을 죽인 종족이다. 잔인한 종족."

언니는 내가 검은 구슬의 종족인 걸 알고 있었을까. 언니가 나를 물끄러미 보고 있던 모습이 떠올랐다.

"야 너. 네가 알고 있다면 언니도 알고 있는 거겠지. 언니가 그랬어. 홀연이는."

눈물이 차올랐다. 저런 입밖에 없는 것에게 당하는 건 말이 안 됐다.

"홀연이는 홀연이야. 검은 구슬의 종족이 아니라. 나야. 언니는 나의 가족이야. 무녀 미화가 아니라 내 언니라고. 너 같은 것에게 아줌마를 뺏기고 평생 사람들을 피해 살게 할 수는 없어."

아줌마의 손끝이 점점 차갑게 식고 있었다.

"홀연아. 아줌마를 놔."

나는 이곳에서 어떻게 나가야 하는지 도통 알 수가 없었다. 아줌마의 손이 점점 사라지고 있었다. 잿더미가 되고 있는 아줌마의 몸이 군데군데 불이 붙었다. 나는 재를 쓸어 담았다. 아줌마의 몸에 재를 붓고 불을 껐다.

"내가 아줌마 불 꺼 줄게요."

눈물이 자꾸 나와서 앞이 보이지 않았다.

"네 언니라고 했지? 미화. 그 아이가 나를 계속 찾더라."

"어떻게 알아요?"

"그냥 여기에서 들었어. 계속 찾고 있더라. 미안하다고."

"아줌마, 우리 언니는 나쁜 사람이 아니에요."

"그래. 이제 알겠다. 미화도 홀연이도 이렇게 아팠겠구나. 아무리 발버둥 쳐도 어떻게 할 수가 없었겠구나."

"아줌마 포기하면 안 돼요."

아줌마는 포기한 것 같았다. 나는 거짓말쟁이가 아니다.

"나. 검은 구슬의 종족이라면. 힘이 있다면. 제발. 이 어둠을 벗어나게 해 주세요."

무언가 몸이 팽창하는 느낌이 나며 붕붕 몸이 가볍게 떠 올랐다. 안에서도 밖에서도 나를 두고 서로 누르는 힘이 같았다.

"홀연. 검은 구슬의 종족이여! 밤을 지배하는 자! 그곳에서 나오리라."

검은 심연에 짙은 검은 기운이 드리우며 웅장한 소리가 들렸다.

"검은 구슬의 종족이여! 심연에 오다니. 우리는 서로를 탐하지 않는다. 이것은 태고의 서약. 어서 데리고 가라."

그르렁거리는 위협적인 소리와 함께 의식이 돌아오고 있었다.

"제가 검은 구슬의 종족이라면요. 이 아줌마를 데리고 나가겠습니다."

"안된다."

"저도 안 돼요."

나는 아줌마의 팔을 꼭 잡고 놓지 않았다. 아줌마는 내 귓가에 괜찮다는 말을 하고 있었다.

"아줌마. 뭐가 괜찮아요? 난 안 괜찮아요. 아줌마가 잘못해 놓고. 치. 같이 가요. 언니가 기다려요. 나는 포기 안 해요. 아줌마도 포기하면 안 돼요. 기다리는 사람이 있잖아요. 나도 엄마를 한참 동안 기다렸어요. 물론 오지 못했지만. 아줌마. 우리가 여기에 갇혀서 못 나갈 수도 있잖아요? 그래도 노력해야 해요."

"누가? 언니가?"

아줌마의 목소리가 떨렸다.

"네. 누구나 다 돌아오기 위해 노력을 한다고. 노력을 했다고 그러니까."

갑자기 누군가 나를 찾는 듯 의식이 잠깐씩 들고 있었다. 언니였다.

"홀연아."

"언니 잠깐만. 나 아줌마 데리고 가야 해."

"홀연아. 위험하면 그냥 나오거라, 내가 할게."

어둠 속에 울려 퍼지는 언니의 목소리는 한없이 다정했다.

"언니. 나 언니한테 거짓말한 거 있어. 그런데 그거 그냥 한 거야. 언니 좋아해서. 언니 아플까 봐. 언니 내가 꼭 아줌마 데려갈게. 언니 나는 언니에게 갈 거야."

툭. 무언가 가볍게 내 몸이 어디론가 떨어지는 것처럼 느껴졌다.

"검은 구슬의 종족이여! 약하고 약한 어린아이의 마음에 순응했구나. 이번 한 번뿐이다. 잊지 마라. 너의 말은 모두 이루어지리라. 그러나 다음엔 목숨을 거두리라."

귀에서 이명처럼 들리는 말들이 곧 사라지고 정신이 아득해졌다.

아줌마는 그날 밤 집에서 발견됐다. 아픈 곳 없이 말짱하게 말이다. 그런데 우리의 이야기를 잊은 것 같았다. 신기한 밤이었다. 다음날에도 말짱하게 못된 말을 하는 아줌마를 보며 다행인 것 같기도 하고 괜히 섭섭하기도 했다.

마을 사람들은 더 우리를 멀리했다. 아줌마만 못된 말을 똑같이 했고 똑같이 고구마를 줬다. 나는 이따금 아줌마의 손을 잡았고 아줌마는 그런 나를 다행스럽게도 뿌리치진 않았다. 우리를 좋아해 주지 않았지만 그대로인 것이 하나 있다는 건 참 좋은 일인 것 같았다.

그리고 신기한 것은 어느새 종이 감쪽같이 붙어있었다는 것이다. 내가 무엇을 한 걸까.

석우 아저씨는 내가 검은 구슬의 종족이라는 걸 알고 놀란 표정이었다. 검은 구슬의 종족은 나쁜 짓을 많이 했나 보다. 그런데 아저씨도 언니랑 똑같은 말을 했다. 나는 나라고 했다. 오늘 처음 만났지만 주인이라는 아저씨도 모른 척 눈을 감고 있었다.

우리는 모두 종족이 다르다고 했다. 석우 아저씨는 자꾸 주인 아저씨에게 돈을 내놓으라고 하고 있었다. 주인 아저씨는 돈을 알고 있을까? 자꾸 보면 볼수록 나보다 모르는 게 많은 것 같다. 차근차근 알려 줘야지. 언니는 늘 나를 걱정하지만, 나는 그냥 알 수 있었다. 나는 강하다.

"주인. 내 말이 안 들리는 거야? 그럼 가까이 가서 말해 주지."

"그만두거라."

"말투도 좀 고치고. 머리도 좀 자르고. 아니면 좀 묶어. 옷도 좀. 아니 다들 왜 이런 옷들을 입고 있는 거지? 요 밑에 신포 국제 시장 있어. 거기 가서 좀 뭐라도 사."

석우는 심각하게 그들을 보고 있었다.

"내가 대출금이 많은 건 사실이야. 그래도 쓸 때는 써야 할 것 같아. 내가 옷 쏠게. 이건 우리 서점 마계의 이미지상 너무 안 좋은 거지. 지금 오픈한 지도 얼마 안 됐는데 오픈 빨도 없다고."

주인은 석우의 심각한 얼굴을 보며 못 알아듣는 것이 자신뿐인가 라는 생각에 주위를 돌아보았다.

"너. 맞아. 너만 못 알아듣는다고."

"음."

"너무 산속에 있었던가. 바다에 있었던가 했겠지. 사람들 틈에서 이야기도 좀 듣고 해야지. 수양만 하고 몰래 미화 뒤만 따라다니니 원. 스토커도 아니고. 제대로 뭘 알 틈이 있었겠어. 내가 차라리 홀연이랑 이야기를 하고 말지."

"아저씨 나랑 이야기해요."

"홀연아. 너 그런데 뭐 좀 할 줄 아는 거 있어? 고양이로 변한다던가?"

"왜요?"

"넌 귀엽잖아. 사람들은 고양이를 좋아해. 혹시 아니? 네가 고양이가 되면 손님들이 많이 올지도 모르잖아."

그리고 곧 홀연이와 석우는 비명을 질렀다. 눈앞에 하얀 알비노 고양이가 주인의 자리에 앉아 있었다.

"이제 알아들었다. 야옹."

그 푸른 빛

　청룡 사용은 돋아나는 비늘에 몸을 비틀며 괴로워하고 있었다. 똑같은 날이 지나가고 있었다. 그날 이후 매일 매일을 후회 속에 살며 성격도 어둡고 난폭해져만 갔다. 사용의 아버지 청해는 그런 아들이 걱정스러웠지만 딱히 도와줄 방법이 없었다. 그들이 모두 이름을 잃고 자취를 감춘 뒤 그들의 흔적 또한 모두 사라졌다.

　그렇게 얼마나 지났을까. 청해의 아들 사용의 몸도 예전과 많이 달라졌다. 인간의 모습으로 변해도 비늘들은 그대로 몸에 드러나 감출 수 없었다. 다른 인간의 영혼에 들어갈 수 있는 능력이 있었으나 버틸 수 있는 시간은 점점 줄어들어 이제 고작 한 시간도 채 되지 못했다. 그의 영혼은 흉폭해지고 조각난 듯 예전의 사용의 모습이 아니었다. 청해는 이 모든 것을 옆에서 지켜보면서도 어떠한 방법이 없다는 것에 좌절했다. 사용은 군데군데 푸른 용의 비늘이 떨어지고 새로운 비늘이 돋아나고 있었다. 그럴 때마다 사용은 온몸을 비틀며 절규했다.

"아버지. 차라리 저를 죽여 주십시오. 왜 제가 이런 고통을 당해야 합니까?"

"푸른빛 기운을 가진 자. 새로운 왕의 길을 걷게 되리라. 잊었느냐. 너는 푸른 빛 기운을 가진 자 사용이다. 우리 모두 인정한 왕."

"누가 인정한단 말입니까? 제 몸은 이제 용의 비늘이 다 떨어지고 있습니다. 저도 그냥 용으로 살고 싶습니다."

"너는 기회를 가진 자다. 너만이 사해 용왕이 될 수 있다."

"사해 용왕 따위 되고 싶지 않아요. 제 몸을 보시라고요."

"사용아. 네가 태어났을 때, 나의 동료이자 백룡족의 수장인 백선이 말했다.

별자리가 새로운 왕의 별이 떴음을 알렸고, 그게 바로 너라고 말이다. 지금 이 고통은 금방 잊게 될 거다. 너는 사해 용왕으로 이 세상을 지배하게 될 것이다. 우리 청룡족이."

"아버지. 그런 거 전 원하지 않습니다. 그저 용족으로 살다 죽고 싶습니다. 제 몸은 이제 청룡의 비늘 조각이 다 떨어지고 있어요. 새로운 비늘이 돋아날 때마다 너무 고통스럽습니다. 그뿐입니까? 그들은 아직 흔적도 없습니다. 보이시죠. 이제 전 아무기가 되고 있어요. 저를 차라리 죽이라고요."

절규하는 사용을 바라보며 청해는 어찌할 줄 몰랐다. 자신의 아들 사용 이외에 사해 용왕이 될 인물은 없었다. 붉은 깃털 종족도 사라졌다. 설령 있다 하더라도 아주 소수일 것이었다. 거의 모든 종족들이 사라지고 살아남은 용족 중에 용왕이 될 사람은 사용뿐이었다.

"아버지 예언이 맞다면 저는 새로운 여의주 없이는 이무기가 될 운명입니다. 아버지가 여의주는 금세 얻을 수 있다며 제 몸에서 청룡이 가지고 있는 여의주를 빼 버리지 않으셨습니까? 저는 이제 어떻게 되는 겁니까? 얼마나 기다려야 되냐고요?"

"사용. 그것은 네가 그래야만 다른 사람의 몸에 들어갈 수 있기 때문이다. 그리고 여의주의 행방을 찾으려고 한 것이다."

"푸른빛 기운을 가진 자. 새로운 왕의 길을 걷게 되리라. 그러나 용의 여의주를 갖지 못하면 고통 속에 이무기가 되어 붉게 타 소멸하리니. 같은 운명을 갖고 잠든 자가 새 주인이 되리라. 아버지 잘 들어보세요. 모두 저를 선택한 뒤로 저는 이제 여의주를 갖지 못하면 이무기가 됩니다."

청해는 두려움에 사용의 몸을 다시 살펴보았다. 고통의 흔적이 여기저기에 보였다. 황폐해진 사용을 그대로 두면 안 된다는 생각을 하던 차였다. 청해는 초조해졌다.

"흑을 불러라. 서해로 가서. 어서 흑을 불러 새로운 예언을 하게 하라."

청룡들은 청해의 부름에 번쩍이는 번개로 대답했다. 쏜살같이 강하게 내리찍는 번개처럼 청룡의 행렬이 이어졌다.

"흑의 예언을 가져와라!"

흑은 아주 어두운 곳에 들어간 뒤로 거의 나오지 않았다. 모든 흑룡의 무리들이 그의 침묵을 받아들였다. 깊은 어둠 속에 스스로를 가둔 흑은 그날만을 계속 되뇌이고 있었다. 그리고 드디어 흑이 그렇게 기다리던 소식이 도착했다. 용족 중에서도 아름다운 외모를 가진 수였다.

"흑룡의 수장 흑이여. 검의 흔적을 발견했습니다."

"이 소식을 한참 동안이나 기다렸습니다. 그자는 어디에 있습니까?"

눈을 반짝이며 고개를 든 흑의 얼굴은 기쁨에 일그러졌다.

"흑이여. 그런데."

"말하십시오."

"검이 죽었습니다."

"시체는 있을 것 아닙니까. 시체가 있는 곳은 어디입니까?"

"그것이 시체를 찾은 것이 아니라. 검이 죽으며 자신은 다시 흑룡으로 인정받았다 했답니다. 그것을 정찰 나간 저희 종족이 급하게 알렸습니다."

"어느 쪽이었습니까?"

"인천입니다."

"이 사실을 아는 자를 데려오십시오."

곧 단단한 비늘로 무장한 젊은 흑룡이 나타났다.

"당신입니까? 검을 봤다는 자."

"네 흑룡의 수장 흑이여. 제가 보았습니다."

"그대로. 하나도 빠지지 말고. 말하십시오."

흑은 섬뜩한 검은 눈동자를 드러내고 얇은 입술은 찢어질 듯 웃고 있었다. 순간 젊은 흑룡은 두려움에 몸을 떨었다. 더듬더듬 생각을 더듬으며 정확히 말하려고 하는 흑룡의 얼굴을 바라보며 흑은 귀를 기울였다.

"하늘 위로 올라가는 기운이 이상하여 날아갔습니다. 그러자 하늘에 얇은 종이처럼 타오르며 올라가는 검이 보였습니다. 분명 제가 어렸을 때 봤지만. 검이었습니다. 저를 보며 자신은 흑룡의 피를 이어받은 세상의 왕이 인정한 부하라고."

"잠시만요."

흑은 벌떡 일어나 급하게 젊은 흑룡에게 순식간에 다가왔다.

"똑바로 말해야 한다. 흑룡의 피를 이어받은 세상의 왕?"

"네 그렇습니다. 세상에서 가장 강한 주군을 말했습니다."

젊은 흑룡은 금방이라도 쓰러질 것처럼 다리가 떨리는 것을 느꼈다. 가까이서 본 흑의 얼굴의 눈은 이글이글 타오르는 검은 불꽃 같았고 뜨거웠다.

"이것이 다인가요?"

"네. 다입니다. 흑."

"누구에게 이야기한 적이 있습니까?"

"아뇨. 대장군 수 말고는 이야기한 적 없습니다."

그러자 흑은 순식간에 손의 발톱을 세우며 젊은 흑룡을 베었다. 옆에서 그것을 본 수는 그저 차분하게 서 있었다.

"치우십시오. 수."

"알겠습니다."

"수. 이자는 흑룡이지만 믿을 수 없습니다. 그러나 수는 믿습니다. 저를 두려워하지 마십시오."

"네, 수장이여."

수는 뒤돌아가는 흑을 보며 큰 결심을 한 듯 흑을 불렀다.

"흑이여. 묻고 싶은 것이 있습니다."

"물어보십시오."

"그자가 누구입니까? 세상의 왕. 아십니까? 혹시?"

"그자가 들은 것은 불행히도 들으면 안 되는 존재였습니다. 그날 당신이 내게 준 선의를 아직 기억하고 있습니다. 당신을 믿고 있습니다. 수. 더 이상의 질문은 하지 마십시오. 이것이 마지막 대답입니다. 나의 딸이자 화문의 딸이 다시 돌아왔습니다. 화문의 원수를 갚을 겁니다."

수는 용들의 전쟁 속에서 흑이 용들을 베며 포효한 모습을 기억하고 있었다. 마치 모든 것을 잃은 자만이 드러낼 수 있는 살기였다. 다만 지금까지 살고 있었던 것은 화문과의 약속 때문이라는 것도 수는 어렴풋이 느끼고 있었다. 그때 피가 흥건한 화문의 배에서 잉태된 여자아이를 떠올렸다. 그렇게 약한 아이가 세상의 왕이었다니 믿을 수 없었다. 수는 흑의 곁으로 다가가 무릎을 꿇었다.

"흑룡의 수장 흑이여. 세상의 왕을 지키겠습니다."

흑은 조용히 고개를 끄덕였다.

"내 딸이자 화문의 딸이 필요할 것입니다. 우리가. 우리도 준비를 합니다."

"네. 주군. 알겠습니다."

"이제 전쟁입니다. 이것이 마지막 전쟁이 될 것입니다. 화문의 딸이 세상을 가질 것입니다. 나. 흑룡의 수장 흑이 그렇게 할 것입니다."

흑의 눈에 눈물이 떨어졌다. 그칠 줄 모르는 그 날의 비처럼 끊임없이 떨어지는 눈물을 숨기지 않는 흑의 입은 웃고 있었다. 마지막에 흑이 화문을 베었던 그 순간, 흑의 세상도 베였다. 그러나 흑과 화문의 딸이 인천에 있었다는 사실이 흑을 다시 타오르게 했다. 화문의 마지막 미소를 떠올리며 흑은 눈을 감았다.

"기다리십시오. 나의 화문."

수는 그날 아이를 안고 한참을 달렸다. 화문의 부탁이었다. 수는 화문이 갑자기 자신을 찾아온 그 날을 기억하고 있었다. 화문은 깃털이 뒤덮인 화려한 붉은 옷을 입고 자신에게 볼록한 배를 보여주었다. 수의 놀라움을 보며 화문은 언젠가 자신이 죽게 되면 이 아이를 안고 약속된 장소로 옮겨주길 바랐다. 수는 거절했다. 흑이 모르는 것도 꺼림직했고 주군이 두려웠던 마음도 있었다. 이것을 안다면 흑이 자신을 살려둘 것 같지 않았다. 무엇보다도 평상시 흑을 사모했던 수는 화문이 달갑지 않았다. 그러나 흑의 눈을 본 그날 수는 피투성이가 된 화문을 보며 자기가 해야 할 일을 알았다. 그리고 검의 몸에 빙의된 화문의 영혼을 보고 함께 달리기 시작했다. 화문의 말이 맞았다. 수는 그렇게 했고, 그렇게 할 수밖에 없었다. 화문을 잃은 흑은 위태로워 보였다. 그 일이 있었던 뒤 흑은 수를 부쩍 자주 불러 이야기들을 되풀이하며 들었다. 그것은 흑의 버팀목이었고 수의 기쁨이었다.

"희망이란 얼마나 지루한지 모릅니다."

흑이 수를 쳐다보며 웃었다.

"저에게도입니다."

수도 웃었다.

"청룡이 왔다. 흑은 들어라."

서해에 푸른 번개가 쳤다. 용솟음치는 바다 위에 청룡들이 서 있었다.

"흑룡의 수장 흑이여! 당신의 친구 청룡의 청해가 부릅니다."

울컥거리는 뿌연 흙들이 솟구치고 흑룡들이 나타났다.

"우선 무슨 일인지 먼저 말하라."

청룡의 무리 중 대장으로 보이는 청룡이 푸른 번개와 함께 나타났다.

"흑의 예언이 필요하다."

"우리는 지정된 날짜에만 흑을 깨운다. 군주는 잠이 필요하다. 서해는 너무 얕아 우리가 있기에 힘이 부족하다. 그러니 약속을 지켜라. 약속된 날짜에만 흑이 방문할 것이다."

"안된다. 아주 급한 일이다. 흑을 깨워라."

그때 흑룡의 대장군 수가 용솟음과 함께 나타났다.

"너희들은 아주 예의가 없구나. 그렇다면 뭐 하러 약속을 하느냐. 돌아가라."

흑룡의 대장군 수의 날이 선 말에 청룡들은 움츠러졌다. 수의 용맹함과 잔인함을 모두 기억하고 있었다. 수는 흑룡 중에서도 가장 날렵하고 재빨랐다. 그런 수에게 목숨을 잃은 동료들의 모습들을 직접 봤기에 분했지만 청룡들은 머뭇거렸다.

"정 안 되겠다면 급한 분이 오셔야겠지. 청해에게 직접 오라 전하라."

무리의 대장으로 보이는 청룡은 발끈하며 소리쳤다.

"말도 안 되는 소리 하지 마. 여기까지 어떻게 온단 말이냐."

"왜 못 오는가. 우리 군주는 매번 정해진 날짜에 동쪽으로 갔다."

청룡은 더 이상 말을 잇지 못하고 강한 번개를 바다에 쳤다. 파도는 점점 거칠어지고 서해의 바다가 더욱 흙빛을 띠었다.

"청룡. 너희들은 우리를 아직도 모르는가. 우리는 예언보다 잘하는 더 게 있지 않나."

청룡의 얼굴이 순간 굳었다.

"우리와 약조했다. 우리는 친.구.다."

친구라는 말이 끝나기 무섭게 수는 번개처럼 다가가 말하던 청룡의 목을 베었다. 툭 떨어지는 청룡의 머리가 바다에 잠기는 것을 본 청룡들은 무언가 잘못되고 있다는 것을 알았다. 주위에는 이미 먹구름이 끼고 바람이 불기 시작했다. 흑룡들은 구름 사이로 몸을 감추며 청룡의 주위에 포진하고 있었다.

"함…… 함정이다."

"픕. 함정? 너희들이 제 발로 찾아왔다. 흑룡들이여. 저 건방진 청룡들을 하나도 남김없이 없애라. 우리의 동료는 청룡이 아니다. 그들은 우리를 버렸다. 너희들의 상처를 봐라. 너희들은 모두 한때 청룡과 백룡이었다. 돌연변이라고 버려진 건 우리들이다. 이제 복수의 시간이다. 모조리 없애 치욕을 갚으리라."

수의 말에 흑룡들은 검은 먹구름 사이로 나타나 청룡들을 베었다. 한순간이었다. 청룡들은 도망갈 틈도 없이 흑룡들의 칼에 목숨을 잃었다. 후드득 떨어지는 청룡들의 시체가 비처럼 내렸다. 새로운 전쟁의 시작이었다. 피를 머금은 바다가 일렁였다.

"이제 어떻게 할까요? 수."

"인천으로 간다."

"인천 어디로……?"

그러자 커다란 우레와 같은 소리를 내며 흑룡의 수장 흑이 나타났다.

"서점 마계로 간다."

약속

 아버지는 어렸을 때부터 자신의 꿈을 이야기하셨다. 나는 아버지 청해를 존경했다. 호탕한 웃음소리를 사랑했다. 난 자랑스러운 아들이고 싶었다. 아버지의 꿈은 곧 나의 꿈이었다. 태어나면서부터 나는 아버지의 꿈을 대신할 운명이었을지도 모르겠다. 기억나는 건 아버지의 매서운 채찍 같은 말들이었다.
 "푸른빛 기운을 가진 자. 새로운 왕의 길을 걷게 되리라. 이 자가 바로 너다. 사용아."
 아버지는 나의 길을 이미 정하셨다. 그리고 나는 그것이 당연한 나의 길이라고 생각했다. 숙명이라고 생각했다. 그러나 어느 정도 내가 장성했을 때 아버지는 여의주의 이야기를 꺼내셨다.

"나의 아들. 청룡의 수장이자 사해 용왕이 될 사용. 아직 못한 말이 있다."

"말씀하세요."

"너는 이제 새로운 여의주를 찾아야 한다."

그날 이후로 나는 새로운 여의주에 목을 매며 지금까지 살아왔다. 실마리가 되었을지도 모를 무녀와 홀연이였나. 그 아이를 놓치고서는 지금까지 모든 세상이 멈춘 듯 어떤 일도 벌어지지 않았다. 처음부터 건방졌던 무녀 따위에게 그렇게 당할 줄 몰랐다. 엄청난 힘이었다. 그래서 홀연이의 몸을 빌리려고 했으나 무녀는 결코 틈을 주지 않았다. 사해 용왕이 될 나에게 감히 이런 모욕을 주다니. 그때 이름을 모르는 자가 찾아왔다.

"사용. 여기 계셨군요. 한번 뵙고 싶었습니다."

몸이 투명하게 하얀 종족이었다.

"넌 누구냐?"

"저는 이름이 없습니다. 제 이름을 찾아 주시겠습니까?"

"내가 왜 너의 이름을 찾아 주어야 하느냐?"

"제가 당신의 고민을 해결할 테니까요."

"무슨 말이지?"

"어린아이를 떼어 놓겠습니다. 저 여자에게요."

"좋다. 네가 그렇게 해 준다면."

"해 준다면 저에게 힘을 보여 주십시오."

"어떤 힘을 말이냐?"

"당신이 예언에 나오는 인물이라는 것을 보여주시면 됩니다. 이 세상의 주인 같은 거? 그런 겁니다."

"쉽다."

그는 내 앞에서 무녀의 몸으로 순식간에 변했다.

"다녀오겠습니다."

그리고 나에게 기회가 왔다. 홀연이는 무녀의 손을 놓고 달리기 시작했다. 이제 저 홀연이만 따라 가면 된다. 이름을 모르는 자의 존재가 무척 반가웠다. 그런데 홀연이는 갑자기 방향을 바꾸어 달리기 시작했다. 이름을 모르는 자도 깜짝 놀라는 것 같았다. 바보 같으니. 저기는 낭떠러지인데. 홀연이는 낭떠러지로 달리고 있었다. 어서 잡아야 한다. 그런데 이미 거기에는 무녀 미화가 있었다.

"홀연아. 이제 더 강해져야 해. 다시 눈을 떠도 놀라면 안 돼."

무녀는 홀연이를 재우고 있었다. 저런 능력이 있다는 걸 믿을 수 없었다.

"무녀. 그 아이를 넘겨라."

"넌 이 아이의 어떤 것도 갖지 못한다."

무녀 미화의 주술이 시작됐는지 갑자기 잠이 오기 시작했다. 자장가 소리도 들리는 것 같았다. 핏방울로 만들어진 장막이 주위를 덮고 있었다.

당했다. 잿빛 냄새였다. 모든 것이 탄 쓸쓸하고 외로운 냄새가 진동을 했다. 그것이 나를 끝없는 잠으로 빠져들게 하고 있었다. 그리고 무녀는 점점 다가오기 시작했다. 나는 정신없이 번개를 날리기 시작했고, 무녀는 주술을 다시 나에게 날렸다. 그리고 정신을 차렸을 때 이름 없는 자가 있었다.

"하. 생각보다 너무 약하십니다."

"무녀는?"

"이미 갔습니다. 이야기가 재미있게 되는군요."

저 멀리 무녀를 업고 가는 남자와 그 옆에 다른 한 남자의 모습이 희미하게 보였다. 도대체 누구인가. 어질어질한 기운에 취해 있는데 이름 없는 자가 나에게 다가왔다.

"가실 겁니까?"

"그렇다. 이번엔 방심을 했다. 내가 결코 만만한 상대가 아님을 알려 주겠다."

"그런데. 이미 예언이 시작됐습니다."

"무슨 소리냐?"

"저도 제가 그런 역할을 할 줄은. 정말이지. 몰랐습니다. 저는 이만 물러가겠습니다. 나중에 또 뵙지요. 그때는 제가 이름이 생길 것입니다."

그날 그렇게 무녀를 따라갔지만 홀연이의 몸은 이미 다른 영이 들어가 있었다. 방울이었다.

"죄송합니다. 저도 원한 건 아니었습니다."

약삭빠른 무녀 따위. 더군다나 그녀를 지키고 있던 한 남자는 흑룡의 수장인 흑을 배신했던 검이었다.

"네 명성은 내가 익히 들었다. 무녀를 내놓거라."

나의 비웃는 말에 검은 반응하지 않았다. 내가 알던 검의 모습이 아니었다. 무엇이 저자를 변하게 했을까.

시간이 지나고서야 뒤늦게 알았지만 나는 그 싸움을 오롯이 나 혼자 버텼어야 했다. 사해 용왕이 될 사람이었고, 왕의 길을 가던 나였다. 그러나 아버지는 나를 그대로 두지 않았다. 곧 청룡들의 무리가 나타났다. 그들은 내 앞을 막고 두 남자를 공격하기 시작했다. 아버지가 보냈으리라.

"저리 가라. 저들은 나와 싸우고 있었다."

어질어질한 몸이 제대로 말을 듣지 않았다.

"저리 가라고."

저 무녀 따위의 주술이 이렇게 깊을 수가 있다니. 흑룡족의 검은 무녀를 들고 방으로 들어갔다. 남은 남자가 홀로 상대하기에는 우리의 수가 많았다.

"검. 너는 끝까지 비겁하구나!"

검은 조금도 미동이 없었다. 더군다나 홀로 남아있는 저 남자는 웃고 있었다. 곧 죽을 걸 알면서도 웃다니.

"아. 진짜 치사하다. 너는 그렇게 자신이 없는 거냐. 거기 너."

나를 보며 손가락질을 하고 있는 남자를 보자니 화가 치밀어 올랐다. 남자는 한쪽 무릎을 꿇고 바닥에 손을 대고 있었다.

"내 노래는 우리를 강하게 할 것이고 너를 가장 어두운 그늘로 인도하리라."

바닥에서 빛이 뿜어져 나오고 있었다. 저 종족은 사라진 줄 알았는데 왜 저깟 무녀를 돕는 것인가. 여기 사해 용왕이 될 내가 있는데 말이다. 빛은 우리를 향해서도 꾸역꾸역 오고 있었다. 청룡들은 뒤로 주춤거렸다.

"저리 비켜. 내가 가겠다."

나는 빛이 나는 땅을 밟았다. 두려움과 달리 밝은 기운이 돌며 잠에 빠졌던 주술까지 사라지는 것 같았다.

"바보 같은 녀석. 나는 적이다. 적인 나까지 치료하다니."

"안다. 알고 있다고."

"너희 종족은 다 멸한 줄 알았는데. 지금까지 살아남았다니. 지금이라도 나에게 충성을 바친다면 지금까지 있었던 일들은 모두 없던 일로 해 주겠다. 나에게 충성을 바쳐라."

"야. 힘들어. 말 시키지 마."

"나는 그저 치유될 뿐이다."

남자는 환하게 웃으며 말했다.

"알아. 그만큼 우리도 강해지고 있다. 너는 어떤 것도 지키지 못하지만 나는 우리를 지키고 있다."

저 남자는 무녀를 위해 온 힘을 바쳐 치유를 하고 있었다. 설사 적인 내가 정신을 차리더라도 무녀가 힘을 내어 도망칠 수 있도록, 다시 싸울 수 있도록 말이다. 정작 자신은 모든 힘을 다해 쓰러질 것 같은 모습으로 말이다.

"어리석구나. 노란 구슬의 종족이여."

"나는 노란 구슬의 종족, 흙의 정령, 땅의 수호자, 석우. 내 이름이 긴 이유는 너 같은 놈을 만나면 시간을 벌기 위해서다. 이제 예언은 시작됐다. 너의 어리석음으로."

곧 쓰러질 것 같은 몸을 간신히 지탱하고 있는 남자는 땅에서 손을 떼자 힘을 잃고 서서히 모래알처럼 퍼지고 있었다.

"넌 죽는다. 넌 졌다."

"아니. 나는 다시 온다. 화문이 약속했다."

"화문?"

"그래. 붉은 깃털 종족의 여왕 화문. 네가 올 거라고 했다. 그리고 약속했다."

"무엇을?"

"나 평생 노래 부르며 살 수 있게 해 준다고. 그렇게 좋아하는 일 하면서 살게 해 준다고 했다. 너 같은 종족을 살리는 게 수치스러웠던 나에게 그냥 모두 살리라 했다. 그게 내가 가장 잘하는 일이라고. 모든 걸 빼앗는 자를 살리지 않기 위해 노래 부르지 못한 나에게 약속했다. 꼭 너 같은 놈 없애 주겠다고. 그래서 마음껏 노래 부를 수 있게 해 줄 거라고 했다. 나를 자랑스러워했다……. 아 힘들어. 화문. 나 할 만큼 했다."

남자는 마지막까지 웃음을 잃지 않았다. 청룡들이 남자가 사라진 땅을 헤치며 부리나케 문을 열자 거짓말처럼 아무도 없었다.

"여자를 찾아. 남자도. 뭐 하고 있느냐. 어서 찾으라고!"

그렇게 지금까지 아무런 흔적이 없었다. 그리고 오늘 그들이 나타났다.

"그들이 이름을 찾았습니다. 사용."

왕의 여의주

"흑룡이 우리를 배신했다."

서해로 간 청룡들이 죽임을 당하고 돌아온 동해는 울부짖는 소리가 가득했다.

"흑룡. 그들을 모두 죽이자."

청룡의 수장 청해는 답답하기 그지없었다. 사용의 사대 용왕의 길이 점점 늦춰지고 있는 와중에 흑룡과의 전쟁도 해야 한다는 생각에 분노가 치밀어 올랐다.

"흑룡이 지금 왜 하필이면. 다들 진정해라."

그때 백룡의 수장 백선이 급히 들어왔다.

"소식을 들었습니다. 어찌 된 일입니까?"

"내 흑룡들을 가만두지 않겠소. 지금까지 가만히 있었던 것은 다 연기였소."

"청해. 잠시 진정하십시오."

백선은 오래된 친구 청해의 성격을 알고 있었다. 지금 이 말을 하는 게 맞는 건지 백선도 혼란스러웠지만, 지금이 아니면 안 된다는 생각을 했다.

"청해. 내 말을 잘 들으시오. 친구여."

"말하세요. 백선."

"당신의 아들 사용이 태어나던 날에 우리는 자신의 여인을 죽이던 흑을 보았습니다. 그때 그렇게 흑을 내몰지 않았어야 했어요. 그들이 가는 땅은 다시는 못 오는 땅이었습니다. 그냥 그렇게 둘 걸 그랬습니다."

"왜 갑자기 그런 말을 하는 겁니까. 백선."

"그날 왕의 별이 떴습니다."

"맞습니다. 그러니 사용의 별이 아니겠어요?"

백선은 긴 수염을 만지며 다시 잠깐 생각에 빠졌다.

"청해. 별은 왕을 나타내고 있었죠. 그렇게 비가 많이 오던 날이었는데 말입니다. 그리고 왕의 별이 하나가 더 떴습니다. 흑의 예언이 맞았어요. 같은 운명을 가진 자가 또 있습니다."

"백선. 왕은 한 명입니다. 그리고 우리 용족이 되어야 한다고 백선도 이야기하셨습니다."

"맞습니다. 그러나 청해. 한 명이 더 있습니다."

둘의 이야기를 듣고 있던 사용은 더 이상 참을 수 없이 자리를 박차고 걸어갔다.

"아버지. 그게 무슨 말입니까? 저에게는 푸른빛 기운을 가진 자. 새로운 왕의 길을 걷게 되리라며 뒤의 이야기는 해 주지도 않으시더니. 이제 와서. 제 몸을 보세요. 이제야 이러시면 저는 어떻게 하라는 겁니까?"

사용은 참을 수 없는 듯 울부짖었다.

"그들은 이제 이름을 모두 찾았습니다. 그들이 드디어 깼어요. 저는 그들을 찾아 여의주를 찾을 것입니다. 여의주만 찾으면 그만이지요. 다 끝납니다."

백선은 만신창이가 된 몸으로 분노하고 있는 사용을 보여 신음했다.

"사용. 넌 이미. 이무기가 되고 있다. 무엇에 잠식당한 것이냐. 무엇이 너를."

애처롭게 보는 백선의 말에 사용은 긴 삼지창을 가지고 와 위협했다.

"조용히 해. 날 그렇게 보지 마! 아버지가 그러셨죠? 여의주를 찾으라고. 오늘 여의주를 찾겠습니다. 백선. 아버지를 도와 흑룡을 물리치세요. 흑룡은 우리의 수치입니다."

험악한 표정으로 흥분한 사용을 백선은 지긋이 보며 말을 꺼냈다.

"사용아. 무엇이 너를 이토록 분노하게 하느냐. 너의 아버지가 마지막에 용족의 힘을 다해 예언에 한 가지를 더 보탰다. 우리가 선택한 자는 한 번의 기회를 더 얻게 된다는. 절대 그 기회를 허투루 쓰지 말거라. 사용아. 너는 여의주가 없어서 이무기가 되고 있는 것이 아니다. 저런, 여의주는 이미 너에게 있구나."

"백선, 무슨 말인가. 내 아들에게 여의주가 있다니."

"청해. 어서 저 아이를 잡으시오. 가게 해서는 안 됩니다. 청해. 사해 용왕에 눈이 멀어 아들을 저렇게 만들었군요. 어서 사용을 못 가게 하세요."

"백선. 빨리 말하시오. 사용에게 이미 여의주가 있다니요?"

"청해······. 여의주가 지금 중요합니까?"

백선은 청해를 두고 휘적휘적 어느새 빠른 걸음으로 사용 앞에 섰다.

"가지 말거라."

"백선. 난 이제 그들이 어디 있는지 알고 있습니다. 이제 여의주가 코앞이에요."

"안 된다. 분노해선 안 된다. 사용아. 내 말을 들어라. 푸른빛 기운을 가진 자는 네가 맞다. 새로운 왕의 길을 걸을 수 있는 자다. 가서는 안 된다."

그러나 이미 사용은 백선을 밀치며 엄청난 번개와 함께 굉음소리를 내며 사라졌다.

"아버지. 그리고 백선. 여의주를 제가 가져오겠습니다."

사용이 사라진 뒤 청해는 넘어진 백선을 부축했다.

"백선, 왜 사용을 막았습니까? 여의주는 또 뭡니까?"

백선은 그런 청해의 손을 뿌리쳤다.

"청해. 천기누설을 하는 것이 두렵지만. 마지막 정입니다. 빨리 아들을 데려오세요."

"무슨 소리입니까? 알게 말하시오."

"청해. 어리석습니다. 사해 용왕의 굴레에 못 벗어나 아들을 바치다니요. 당신은 내 오래된 벗이지만 이제 우리 백룡은 우리의 길을 가겠습니다. 청해. 당신의 희망은 괴물을 만들었군요. 예언은 모두 실행됐습니다. 같은 운명을 갖고 잠든 자가 이제 깨어났습니다."

백선은 급히 자리를 떠났다. 남겨진 청해는 허망하게 백선이 떠난 자리를 보았다. 어디서부터 잘못된 것일까. 사용이 사해 용왕이 아니라는 생각을 한 번도 해 본 적이 없었던 청해였다.

"그럴 리가 없다. 분명 내 아들이다. 내 아들 사용이 곧 여의주를 가지고 돌아올 것이다."

청해는 사용이 사라진 곳만 허망하게 바라보았다.

"야 검구."

"아저씨. 저 홀.연.이.요."

"응. 검구야."

"아저씨. 이름 바꾸지 마요. 진짜. 언니. 언니!"

언니를 찾아 이층으로 올라가는 발소리를 들으며 석우는 주인을 찾았다.

"고양아. 주인! 자는 척하지 마. 홀연이 갔다."

"야옹."

"아. 진짜 어디서 자꾸 야옹이야. 빨리 나와."

석우가 고양이를 흔들고 있는데 뒤에서 주인의 목소리가 들렸다.

"뭐 하십니까? 고양이를 들고? 왜 저를 찾으십니까?"

"……. 너 안 찾았어. 그냥 혼자 이야기한 거야. 너 주인은 누구니?"

"그렇군요. 저는 저를 찾는 중인 줄 알았습니다."

머쓱한 마음에 얼른 고양이를 내려놓고 석우는 주인을 다시 바라봤다. 너무 하얗고 투명하고 길쭉한 모습이 익숙했다.

"혹시 너 나 어디서 본 적 있냐?"

"본 적은 있습니다."

"어디서? 이런 얼굴 보기 힘든데?"

주인은 석우를 이리저리 꼼꼼하게 살펴봤다.

"그때는 좀 멋졌는데. 지금은 그때보다는 별로입니다."

"그래? 내가 예전 기억이 잘 안 나. 아주 조금씩 비어 있는 기억들이 있어. 그래서 궁금한 게 하나 있다."

주인은 의자에 앉으며 엉거주춤 서 있는 석우를 보고 있었다.

"노래는 좀 하고 계신가요?"

"내가 싱어송라이터가 꿈이긴 했어. 그냥 언젠가부터 막 노래 부르고 싶더라고. 그런데 요즘 노래 부를 일은 없지. 저번에 싸우면서 부른 거 말고는. 에휴. 서점으로 돈 버는 건 좀 힘든 일인 것 같아. 노래를 언제 부르나. 아니, 아니. 그거 말고 나 궁금한 거 있다니까."

"말씀하세요."

석우는 쭈뼛거리며 한참을 주인 앞에서 왔다 갔다 거렸다.

"정신 사납습니다."

"진짜 궁금한데 물어보기가 겁나서 그래."

"그럼 저는 이만."

"아니. 아니. 뭘 그렇게 빨리 어디를 가. 물어볼게."

침을 꼴깍 삼키며 주인을 쳐다보는 석우의 표정이 비장했다.

"너희들은 다 귀신인 거냐? 나만 살아 있는 거냐?"

"아."

"나 심각해. 미화도 홀연이도 너도. 이 시대 사람은 아니잖아? 그럼 죽은 거냐?"

"봉인입니다."

"봉인?"

"네. 제가 요즘 언어도 좀 많이 배웠습니다. 마침 이곳이 서점이라 제가 책도 읽고 있고요. 그러니까 봉인은 냉동인간 같은 겁니다."

"아, 그럼 살아 있네?"

"그렇습니다."

"안 사라지는 거구나? 휘익 하고?"

"네, 늘 석우님과 함께입니다."

"아. 코딱지만 한 서점에 냉동인간이 세 명에다가 이상한 정령 팔찌까지. 아 정령은 뭐 안 먹어도 되는 거지?"

"그렇습니다."

"하아. 다행이긴 한데. 내가 이럴 줄 알았어. 큰일 났다, 나는 이제."

"그 예전에 말하던 돈 때문입니까? 대출금이 많다고. 저보고 돈 달라고 하셨지요?"

"그래그래. 내가 그 유명한 영끌족이야. 대출금 갚아야 해. 서점이 모두 은행 거야. 그런데 서점이 무슨 돈을 번다고 너희들을 내가 다 먹여 살리냐고."

석우는 절망에 빠진 듯 허공을 바라보았다.

"심지어 어린애들이잖아. 미화도 뭐 그때 어떻게 됐는지는 모르겠지만 소녀잖아. 홀연이는 성장기야, 성장기."

"좋은 소식이 있습니다. 석우."

"좋은 소식 아니기만 해."

"제가 변신이 됩니다."

석우는 고개를 흔들며 손사래를 쳤다.

"너 그러다 끌려가. 변신은 하지 마. 아니 변신한 채로 있어. 지금이 더 이상하니까."

까아악-

계단에서 쿵쾅거리는 소리가 들리며 홀연이가 비명을 지르며 급히 내려오는 소리가 들렸다.

"아. 너무 방심했구나. 여의주가 아직 안 나타나 그자가 안 올 줄 알았는데. 이렇게 빨리."

이상한 기운이 감돌자 주인은 급히 홀연이의 손을 잡고 벽장 옆 화장실로 데려갔다.

"나오지 마라."

"언니가……."

"알고 있습니다. 그러니 나오지 마라. 미화는 힘을 많이 잃었습니다. 그래서 지금 저런 소녀의 모습이 된 것이고, 더는 안 됩니다. 버티지 못할지도 모릅니다. 나도 미화가 어떻게 나왔는지 모르겠습니다. 다만 당신이 있으면 미화는. 음."

신음하는 주인을 바라보며 홀연은 고개를 끄덕였다.

"내가 약점이에요."

주인은 울먹이는 홀연이의 손에 작은 물방울을 만들어 주었다.

"이 물방울이 터지면 나오세요."

주인은 나오며 결계를 치며 혼잣말을 했다.

"꼬마를 돕게 되네. 그때의 빚을 갚는 것입니다."

제5장

기다려

너의 웃음소리가 어두운 이 공간에

꽉 들어서면 재를 뒤집어쓴 새가

날아 노래하리라

전쟁

 밖은 이미 연기가 자욱하게 솟고 있었다. 이층에서 한 차례 싸움이 일어났는지 이미 무녀 미화의 옷이 군데군데 찢어지고 탄 자국이 있는 채로 누군가를 응시하고 있었다. 사람의 몸 띄엄띄엄 드러난 비늘들이 흉측하게 붙어 있고 눈동자는 짙은 푸른색으로 변한 사용이었다.
 "오랜만이구나. 무녀 미화."
 날카로운 이와 검은 손톱들로 문을 할퀴자 문은 산산조각이 났다.
 "거 진짜 기물 파손하지 맙시다."
 석우는 못마땅한 얼굴로 미화의 뒤에서 사용에게 말했다.
 "여기 있었군. 그때나 지금이나 똑같이 건방지구나."

무녀 미화의 옷을 자세히 본 석우는 자신의 윗옷을 벗어 미화에게 입혔다.

"온통. 피입니다. 무엇을 한 겁니까."

침묵하는 미화의 옆으로 하얀 고양이가 나타나자 석우는 한숨을 쉬며 고개를 저었다.

"아닙니다. 그냥 고양이에요. 신경 쓰지 마세요."

그러자 고양이가 주인으로 모습을 바꾸었다.

"석우?"

석우는 깜짝 놀라며 뒷걸음치며 몇 번 헛기침을 했다.

"사용! 보아라. 우리에게는 변신 고양이도 있다!"

사용은 그들의 말을 들은 체도 안 하며 서점 곳곳을 둘러보며 찾기 시작했다.

"바보 같은 것들. 다들 제정신이 아니야. 이 와중에도 저런 말들이 나온단 말이냐."

"사용. 무엇을 또 찾느냐?"

어느덧 가까이 온 무녀 미화의 말에 사용은 책들을 던지며 외쳤다. 책들은 바닥에 떨어진 미화의 피에 젖어 들고 있었다.

"여의주다. 여의주를 내놓아라. 그냥 내놓으란 말이다. 안 그러면 모두 죽이겠다."

미화의 옷은 이미 미화의 피로 물들어 피냄새가 진동을 하고 있었다. 피 냄새에 방울은 더욱 기이한 신음을 냈다.

"피 냄새가 진동을 하는구나. 방울이가 아주 좋아하는구나.

아까 나의 공격에 그렇게 됐겠지. 알겠느냐? 너는 처음부터 내 상대가 되지 않았다. 그동안 내가 얼마나 너를 봐주느라 힘들었는지 이제야 알겠지."

기세등등한 사용의 말에 석우는 발끈하며 나가려 했지만 주인이 제지했다.

"아주 이것들이 다 여기에 있었구나. 이름 없는 자여. 이제 봤겠지? 별 볼 일 없는 무녀 따위에게 붙어 있어 봤자라는 것을. 아직 끝나지 않았으니 너희들에게 기회를 줘 볼까? 미화를 먼저 벤 자에게는 어떤 죄도 묻지 않겠다."

바닥에 거친 칼 한 자루를 던지며 사용은 시퍼런 잇몸을 드러내며 웃었다.

"사용. 저는 이제 이름이 있습니다."

"알 바 아니다."

"그러시겠죠. 여러 번 당신에게는 기회가 있었습니다. 그러나 당신은 그것을 보지 못했죠. 이제 저는 제 길을 잘 알고 있습니다. 당신만 모르는 것 같군요."

"말은 번지르르하구나."

"제 말은 그럴지도 모릅니다. 그런데 피 냄새 때문에 다른 냄새를 못 맡으시나 봅니다. 이미 당신은 이곳에 들어온 후부터 나가실 수 없습니다."

사용은 이상한 생각에 문밖으로 서둘러 나가려고 했다. 그러자 핏빛 장막이 내리우며 사용을 가볍게 튕겨냈다. 사용은 재빨리 2층으로 올라갔다. 그러고는 창문으로 나가려 몸을 내밀자 투명한 공기가 강철보다도 강하게 사용을 튕겼다.

"누구 짓이냐?"

사용은 혼란스러웠다.

"아니. 다 좋다. 여의주를 내놓아라. 여의주!"

무녀 미화는 사용이 떨어뜨린 거친 칼을 쥐었다. 작은 불꽃이 손에서 뻗어 칼이 움직였다. 칼은 미화의 힘을 이기지 못하고 덩어리 덩어리 떨어져 나가고 있었다. 손잡이 부분에는 조각처럼 불꽃모양의 입이 새겨지며 날카로운 검이 만들어지고 있었다.

"석우. 힘을 다오."

무녀 미화의 창백한 얼굴을 보며 석우는 바닥에 손을 대었다.

"다쳤으면 도망가는 걸로 합시다. 저런 놈을 서점에 가둔다고 뭐가 일이 됩니까? 서점만 망가집니다. 도망가면 되지요. 도망갑시다. 이제. 제발요."

"어디로? 부탁한다."

석우는 마지못해 주문을 외우기 시작했다.

"……내 노래는 우리를 강하게 할 것이고 너를 가장 어두운 그늘로 인도하리라."

"노래해다오."

"세 개의 구슬이 모이면 노래가 시작되고 네 개의 구슬이 모이면 기억이 다시 시작되며 다섯 개의 구슬이 모이면 여의주가 되리라."

미화는 자신의 피를 멈추지 않았다. 붉은 피에서는 쓸쓸한 재의 냄새가 났다.

"사용. 넌 여기서 한 발자국도 나가지 못한다. 이 저주는 어떤 것도 깨뜨릴 수 없다. 무녀 미화가 명령한다. 이 집의 모든 기운이여. 쌓아온 원망들이여. 그대들의 원수를 이제 갚을 것이다. 나의 힘에 그대들의 힘을 더하라."

집이 웅웅거리며 쿵 하는 소리가 났다. 마치 그동안의 원한들을 토해내듯 집은 예사롭지 않은 기운들을 뿜어내고 있었다.

"너는 너의 화를 참지 못하고 마을 사람들을 다 죽였다. 마을 곳곳에 불이 났고. 사람들은 나와의 약속을 지키기 위해 이 집 앞에 섰다. 넌 그깟 여의주 때문에 사람들을 유린하고. 부수었다. 난 느끼고 있었다. 그러나 도울 수 없었다. 기억이 모두 돌아왔다."

"봉인된 주제에. 그것을 어떻게."

"봉인되어도. 기억을 잃어도 다시 찾아온다. 가을처럼. 그날도 가을이었다. 사람들이 와서 집을 닦았다. 두려움 때문이라고 생각했다. 하지만 그들은 후회했다. 누구나 모두 실수를 한다. 그리고 그들은 그 감정들을 인정하고 더 강해진다. 그들은 내가 부탁한 말을 기억했다. 그래서 지켜내려고 했다. 너에게서. 그들의 후회에게서."

"그저 미물이다."

"서점 마계 앞을 지키던 사람들을 기억하는가."

"아니. 전혀."

"그런데 왜 이 집을 부수지 못했지?"

"부쉈다."

"사람들을 죽이는데 급급해 그들이 지키는 것을 보지 못했겠지. 그들은 그걸 알고 있었다. 그래서 너를 유인해 가며 죽어간 것이다. 미물이 아니었다."

"기억도 안 난다. 이 집 따위 언제라도 날려 버릴 수 있다."

이미 흥건하게 바닥에 쌓인 피들이 집의 기운과 섞여 사방으로 올라가고 있었다. 피로 하나하나의 이름들이 쓰여지고 그 이름들은 또 다른 이름을 불렀다. 빽빽하게 적힌 이름들이 피의 궤가 되어 서점 마계를 둘러싸고 있었다.

"사용. 상대를 정말 잘 고르셨습니다. 미화는 당신이 기다린 자입니다. 그리고 저도요."

주인은 차갑게 미소 지었다.

쓸쓸한 소리를 내며 집이 울고 있었다. 그날 동네 사람들은 모두 서점 마계 앞으로 모였다. 그들은 사용의 힘을 당할 수가 없었다. 미화의 집은 창고로 쓴다는 명목으로 사람들에게 관리되었다. 모두 알고 있었다. 갑자기 사라진 미화를 찾지는 않았지만, 다음날부터 빚을 갚듯 집을 청소했다. 그러나 분노한 사용이 나타났다. 사람들은 모두 쓰러져 갔다.

"미화의 집은 우리가 지킵시다. 아이들을 집에 숨겨요. 그리고 우리가 유인합시다."

"미화 예언이 너보다 더 무섭다!"

"그저 아이였습니다."

"미화야. 미안하다. 우리 아이들을 지켜다오. 부탁할게."

사람들의 후회는 조각조각 난 빛으로 연결되어 집에 닿았다. 집은 그렇게 사람들에 의해 안전하게 지켜졌다. 집에 숨어 살게 된 아이들은 그리고 어른이 되었다. 사라진 미화를 기다리며 홀연이의 웃음을 기억하며 이야기를 만들었다. 사람들은 모두 그 집을 사랑했다. 방앗간이 되기도 했고 창고가 되기도 했지만 집은 희망의 상징이었다. 그렇게 서점 마계는 쓸쓸한 잿빛 냄새를 풍기며 엄청난 힘으로 보호막을 만들어 내고 있었다.

주인은 투명한 태고의 물이 되어 서점 마계에 흘렀다. 찰랑거리는 물과 대지의 노란 힘이 약간의 불협화음을 냈지만, 곧 하나의 커다란 물기둥을 만들어 냈다. 물기둥의 맑은 물에 미화의 붉은 피들이 떨어지고 있었다. 사용은 무엇인가 잘못됨을 느끼고 있었다. 집 전체에 흐르는 웅웅거리는 소리들이 사람들의 소리로 들리기 시작했다. 미화의 피의 장막에 닿은 사용의 몸은 힘을 잃고 그나마 남아있던 푸른 비늘들이 떨어져 나갔다.

"저깟 계집애가."

부르르 떨던 사용은 모든 책들과 집을 다 태워 버릴 심산이었다. 가까이 있는 책에 번개를 내리려 여러 번 주문을 외웠으나 그의 손에서는 어떤 빛도 나오지 않았다.

"왜 주술이 안 되는 거지?"

"아직 모르시겠습니까. 이곳에서는 당신의 능력이 통하지 않습니다. 오직 무녀 미화의 주술만이 통합니다."

"너희들은 주술을 하고 있지 않느냐!"

"사용. 저희들은 모두 태고의 모습으로 돌아갔습니다. 이제 바치십시오."

"무엇을 말이냐?"

곧 엄청난 물기둥이 솟아나며 사용의 몸을 덮쳤다.

"여의주는 오색에서 시작된다. 그리고 모든 빛이 꺼진 곳에서 시작된다. 한 공간에서 시작되고 한 공간에서 만들어진다. 용이 아닌 용이며, 불이 아닌 불이다. 그곳에 주인이 주인을 찾으면 나타날 것이다."

어디선가 들려오는 무녀 미화의 말에 사용의 몸을 덮친 물은 그의 몸을 어느새 떠받들고 있었다. 마치 귀중한 무엇을 받치듯이 용솟음치며 가장 순수한 물과 따뜻한 기운이 그의 주위를 맴돌고 있었다.

"나는 용이 아닌 용이며 불이 아닌 불이다. 나는 오색의 방에서 너를 기다렸다. 사용. 너는 바로 용의 여의주다."

미화의 말에 사용은 당황함을 감추지 못했다.

"내가 여의주라고?"

"푸른빛 기운을 가진 자. 새로운 왕의 길을 걷게 되리라. 그러나 용의 여의주를 갖지 못하면 고통 속에 이무기가 되어 붉게 타 소멸하리니. 같은 운명을 갖고 잠든 자가 새 주인이 되리라."

"무슨 소리냐. 나는 푸른 빛 기운을 가진 자다. 나는 새로운 왕의 길을 걷는 자다."

"너는 용의 여의주를 갖지 못했다."

"그래서. 나는 너희를 기다렸다. 여의주를 갖기 위해. 그런데 왜 내가 여의주란 말이냐."

무녀 미화의 옷은 붉은 피로 덮여 있었고 떨어진 피들은 붉은 깃털처럼 날리며 미화의 주위를 돌았다. 사용은 그녀에게서 나는 잿빛 재 냄새를 맡으며 미화의 주술이 시작되고 있음을 알았다. 석우 또한 점점 잠이 들 것 같았다. 졸음이 몰려올 때면 아버지가 보였고 또 화문이 보였다. 아직 싸움이 끝나지 않았기 때문에 잠을 떨치려 했으나 쉽지 않았다. 조금만 틈을 보이면 미화의 잠은 석우를 장악할 것 같았다.

"아저씨. 자면 안 돼요."

아까부터 보이지 않았던 홀연이였다.

"홀연아. 무사해서 다행이네. 어디야? 내 목소리가 들려?"

"저 화장실이에요."

"왜 하필 화장실이냐."

"아저씨. 자면 안 돼요. 알았죠? 제가 나가기 전까지. 언니를 지켜 주세요."

"홀연아. 너 나오지 마. 그냥 거기 있어. 아저씨가 화장실 청소 잘해 놨다. 여기 난리야."

"아저씨. 아저씨가 걱정돼요."

"네 걱정을 해야지."

"방울이에게는 이야기했어요. 언니의 밤은 심연이에요. 아주 깊은 심연요. 아저씨가 잠에 빠지면 그 심연으로 가요. 알죠? 가 봤죠?"

"아 거기? 별거 아니던데."

"거기에는 붉은 입이 있어요. 나는 그게 보여요. 그런데 이상하게 나만 보여요. 방울이도 못 보고. 아줌마도 못 보고. 저만 봐요. 그 심연의 붉은 입은 들어온 자들을 먹이로 삼아요. 지금 무척 굶주려 있어서 아무나 먹으려고 할 거예요."

"미화……는 모르겠구나."

"네. 언니는 그 차가운 심연을 알지 못해요. 저는 그 밤을 알아요. 아주 익숙해요. 아저씨. 절대 자면 안 돼요. 주인은 괜찮을 거예요."

"왜지. 변신해서인가?"

"그건 저도 잘 모르는데. 내 마음이 그래요. 주인은 세상을 연 자이기에 모든 색과 같대요."

"하. 뭐 변신도 하고, 세상도 열고, 서점도 지금 다 젖었어. 걔 때문에."

석우는 투덜거리는 와중에도 느낄 수 있었다. 자신이 점점 본래의 모래로 변하는 것을 주인이 있는 힘을 다해 막고 있었다. 자신은 태고의 물로 변한 채로 끈질기게 흩어진 모래알 같은 자신을 지키고 있었다.

"노란 구슬의 종족, 흙의 정령, 땅의 수호자. 석우. 무녀 미화를 부른다. 내 노래는 우리를 강하게 할 것이고 너를 가장 어두운 그늘로 인도하리라. 미화. 어떻게라도 해 봐라. 이제, 내 소리가 들립니까?"

석우의 코에서 피가 흘렀다.

"들린다."

"미화. 나는……. 너를 믿는다. 왜 믿는지는 모르겠다. 화문의 딸이라 그런가. 네가 해 줄 거라고 했다."

피는 멈추질 않았다. 그러나 미화는 피범벅인 석우를 평온하게 바라보았다.

"내가 하겠다."

"짐인가? 지금처럼?"

"아니."

"운명인가? 이렇게 갑자기 나타난 기억도 안 나는 과거처럼."

"아니. 약속이다."

"약속."

"그렇다. 예언은 약속이다. 사람들의 마음을 담아 하나의 약속처럼 맺어진다. 무녀는 이 약속을 기억하는 사람이다. 세상의 이야기들을 읽어 말해 주는 사람이다. 잊지 않기 위해서다."

석우는 흘러내리는 피를 손으로 쓱 닦았다. 자신이 힘들어하는 것을 보며 미화가 조금이라도 주문을 망설였다면 석우는 자신을 용서하지 못했을 것 같았다.

"화문을 닮았습니다. 이제 기억납니다. 화문과의 약속을요. 제가 지키려고 한 약속을요. 당신을 지키겠습니다. 미화."

"너는 지키는 자다. 나 또한 어머니 화문의 약속을 지키겠다."

석우는 다시 바닥에 손을 대었다. 툭툭 떨어지는 피가 야속하지 않았다. 미화는 석우를 믿고 있었다.

"내 피보다 미화 피가 더 많다고. 듣고 있나. 주인. 나한테 뭐라고 하지 마."

물렁해진 바닥이 움푹 파였다. 아랑곳하지 않고 기운을 넣을수록 석우의 몸은 점점 가라앉고 있었다. 울컥거리는 땅의 움직임이 지진처럼 흔들렸다. 그리고 옆에서 주인은 묵묵하게 움푹 파인 땅을 일으켜 세우고 있었다.

"주인. 고양이 주제에. 살살해."

"서점 마계를 좋아합니다."

"웬 고백?"

"사람들의 흔적을 봤습니다. 모두 이 집을 사랑했습니다. 이 집을 지키려고 했습니다. 다들 말을 안 하고 있었지만 알고 있었습니다. 미화. 그녀가 마을을 지키고 있음을요. 미화가 사라진 뒤에도 마을 사람들은 약속을 잊지 않았습니다. 그들이 지키지 않았다면 미화가 봉인된 책도 타버릴 수 있었겠지요. 이 사람들이 모두 죽고 새로운 사람들이 이 집을 지켰고 또 그다음 사람들이 집을 지켰습니다. 그런 흔적들로 채워져 있었습니다. 석우. 좋은 집을 샀군요. 대출은 많지만요."

"맞다. 좋은 집이다. 난 여기서 다시 시작하려고 했거든."

"무엇을 말입니까."

"안 가르쳐 줘."

석우는 힘겹게 몸을 일으켰다. 사용을 떠받들고 있는 물의 기둥이 보였다.

"사용. 너는 졌어. 새로운 왕의 여의주가 돼라."

천천히 사용을 향해 물살을 헤치며 가는 석우의 손에는 노란 구슬의 기운이 어느새 응축되어 있었다.

"내가 왜 여의주란 말이냐? 나는 왕이다!"

사용의 울부짖음이 집을 쩌렁쩌렁 울렸다. 기둥 위에 올려진 사용의 몸을 태고의 물이 단단하게 옭아매었다. 울부짖는 사용의 곁으로 점점 다가가는 석우는 노래를 부르기 시작했다.

"나의 노래는. 내 노래는 우리를 강하게 할 것이고 너를 가장 어두운 그늘로 인도하리라. 주인이 나타나 여의주를 찾으니 껍데기를 벗고 순수한 과거의 빛을 되찾으리라. 이것은 이야기. 너는 이야기의 주인공이 되어 더 이상의 아픔은 없으리라."

노래를 타고 전해지는 노란 빛의 따뜻한 흐름이 물과 함께 사용에게로 흘렀다.

"나는. 내가 원한 것은."

따뜻한 기운들이 뿜어져 나오는 빛이 사용의 마음을 열었다. 끊임없이 들어오는 빛들이 사용의 몸 구석구석에 흐르며 사용은 어릴 적 아버지 청해의 웃음을 기억했다.

"난 그저 아버지가 웃는 모습이 좋았다."

서점 마계의 결계를 뚫고 들어올 이는 아무도 없었다. 청룡들은 서점 마계를 둘러싸고 사용이 점점 소멸하는 것을 지켜볼 수밖에 없었다. 청룡의 수장 청해는 아들이 물의 기둥 위에 묶여 서서히 노란빛으로 흐려지는 것을 보며 미친 듯 번개를 내리쳤다. 그러나 피의 장막은 더욱 굳건해질 뿐이었다. 아버지의 웃는 모습이 좋았다는 고백을 들으며 청해는 아들 사용을 애타게 불렀다. 어떤 소리도, 어떤 모습도 서점 마계에 닿지 않았다. 그들은 공기 위에 떠 있는 투명한 장막의 어떤 부분도 뚫지 못했다. 붉은 글씨들은 서로를 에워싸며 서점 마계를 지켰다.

"음. 너에게는 한 번의 기회가 있구나?"

미화는 냉정한 표정을 지으며 물었다.

"그렇다."

"사용. 네가 원하는 것이 무엇이냐. 말하라."

사용은 머뭇거려졌다. 오기 전 백선의 부탁이 생각났다.

"너는 내가 처음부터 사해 용왕이 아니라고 했다. 왜 그랬느냐?"

"너에게는 희망이 보이지 않았다. 사람들에게 필요한 것은 사해 용왕 같은 희망이었다. 정작 너는 모든 이들의 희망이었으나 너는 갖고 있지 않았음을 보았다."

사용은 온 힘을 다해 자신을 묶고 있는 주인과 피를 흘리면서도 웃고 있는 석우를 보았다. 조금 멀리 떨어진 곳에서 홀연이의 간절한 기도도 들리는 듯했다.

"너는 희망이 이루어질 것이라고 믿느냐? 말해다오. 너와 나의 다른 점을 알고 싶다."

처음 느껴지는 사용의 절실한 눈빛을 미화는 물끄러미 바라보았다.

"나는 희망을 갖고 싶지 않다. 희망은 너무 가볍고 때로는 너무 무겁다. 그러나 희망을 믿는 사람들을 믿는다. 그래서 나는 이 집에서 깨어났다. 그들의 희망으로. 너의 잔인함으로."

사용은 죽어가던 사람들의 말들을 기억해 냈다. 누구에게나 소중한 목숨이었다. 그들이 걸었던 희망은 결코 가벼운 것이 아니었다. 사용은 지금까지 가졌던 분노가 그와 견줄 수 있는 것이 아님을 깨달았다.

"희망은 꽤 무겁군."

"사용. 시간이 없다. 이제 말하거라."

"이대로 소멸이다."

무녀 미화는 뜻밖에도 사용의 희망찬 눈을 마주쳤다.

"나도 한번 희망을 가져 보려고 한다. 그 약한 것을 품어 보려고 한다."

미화는 사용의 몸에 자신의 피를 날렸다. 동그랗게 방울진 피들은 사용의 몸에 닿아 불꽃을 일으켰다. 검붉은 불은 죽음의 냄새를 낳듯 재로 쌓여 갔다. 사용의 몸은 순식간에 불타올랐다.

"무녀. 이름이 미화라고 했나?"

"그렇다."

"아버지에게 전해 달라."

"말하라."

"편하다. 지금이. 제일 편하다고. 아버지도 편해지셨으면 좋겠다."

사용의 몸은 서서히 재로 변했다. 청룡의 청해는 그렇게 아들이 재로 변하는 모습을 그저 넋 놓고 볼 수밖에 없었다. 청해는 서점 마계에 어떠한 흠도 내지 못했다. 비가 거세지고 엄청난 폭풍우가 밀려왔다. 그리고 재 속에서 가장 맑고 여리고 여린 연두색 기운이 도는 구슬이 떠 올랐다. 왕의 여의주였다.

"미화. 당신의 것입니다."

물의 기둥이 받친 여의주가 미화에게 다가갔다. 그러자 석우는 급하게 가로막았다.

"이 여의주는 아무도 가질 수 없어. 미화. 미안하다. 아무도 주인이 돼서는 안돼."

"비켜라 석우."

"안된다. 주인. 잊었어? 미화의 예언을. 그곳에 주인이 주인을 찾으면 나타날 것이다. 여의주를 갖고 하늘로 오르는 자여. 검은 구슬의 가운데를 뚫고 새로운 세상의 이야기를 시작하리라. 검은 구슬의 기운은……. 홀연히 뿐이야."

주인은 물기둥에서 인간으로 몸으로 성급히 바꾸었다. 맑고 여린 연두색 기운이 도는 여의주가 그의 손 위에서 영롱하게 빛나고 있었다.

"무녀 미화."

석우는 안타깝게 그녀를 불렀다. 미화는 눈을 감고 휘파람을 불었다.

"방울아."

아버지의 전투

 사해의 용왕이 될 아들 사용이 여의주로 변하는 것을 본 청룡의 군주 청해는 분노에 휩싸였다.
 "내 아들아."
 울부짖는 청해의 주위에 몰려드는 먹구름과 번개들이 어지럽게 세상을 흔들고 있었다.

 백룡의 백선은 별의 움직임을 읽으며 이미 사용의 죽음을 읽었다. 돌이킬 수 없는 운명의 밤이었다. 백룡의 백선은 화문의 마지막 밤을 계속 되뇌고 있었다.
 "분명히 아이가 살았다. 그 아이구나."
 백선은 이제 백룡의 수장으로서 자신이 해야 할 일을 결정해야 했다. 용족의 가장 큰 존경을 받는 백룡의 수장으로 그가 해야 할 일은 명백했다.

"예언이 이루어졌다. 받아들이겠습니다."

백선은 자신의 오래된 지팡이를 들고 밤하늘을 보았다.

"내가 너무 오래 살았구나. 천수를 누렸다."

백룡의 백선은 오래된 친구 청해와 흑룡의 흑을 떠올리며 수염을 만지작거렸다. 그리고 그의 딸 수를 생각했다. 백선의 딸 수. 지금은 흑룡의 종족이지만 어렸을 때의 수는 백룡이었다. 누구보다 총명하고 아름다운 아이였다. 백룡들은 그 해를 죽음의 해, 사해라고 기억하고 있었다. 백룡들 사이에 돌림병이 돌았다. 누구부터 시작되었는지도 모를 이 병에 걸린 백룡들은 앓고 나면 모두 돌연변이인 흑룡이 되었다. 누구의 누이였고 누구의 아비였고 누구의 딸이었다. 백룡은 그렇게 수를 잃었다.

"아버지. 무섭습니다."

울고 있는 수의 손을 잡으며 백선은 가슴이 찢어질 것 같던 밤을 생각했다. 그러나 운명을 거스를 수는 없었다. 모든 이들은 그렇게 흑룡으로 변한 자신의 가족을 심연의 밑바닥 어두운 곳으로 보냈다. 수는 흑룡의 대장군이 되어 지금은 살수로서 흑의 든든한 지원자가 되었다는 것을 알고 있던 백선이었다. 간혹 보는 수는 백선을 모른 척 지나가기 일쑤였다. 장성한 수의 모습이 어색하면서도 기뻤던 백선에게는 남모를 슬픔이었다.

"아버지를 많이 원망하고 있겠지."

백룡의 군주 백선은 그렇게 수를 떠올리며 오랜만에 갑옷을 입었다.

"이것이 나의 마지막 싸움이 될 것이다."

　백선은 칼을 들어 희고 긴 수염을 거침없이 잘랐다. 그의 긴 머리카락도 곧 모두 잘려 나갔다.

"듣거라. 오늘은 아주 긴 싸움이 될 것이다. 남해의 백룡들이여!"

　그의 목소리는 남해 전체에 울려 퍼졌다.

"가족을 잃은 자들이여! 가족을 벨 것이라 걱정하지 마라. 우리의 적은 예언을 막는 자다. 나 또한 나의 수를 위해 싸울 것이다. 청룡의 아들 사용의 죽음을 헛되게 하지 말아라! 모두 사해용왕을 맞이하라. 그것을 막는 모든 자들. 청룡을 포함한 자도 예외 없이 적이다."

　그의 말이 끝나기 무섭게 백룡들은 함성을 질렀다. 남해의 물결이 거세지고 있었다.

　흑룡들은 서둘러 인천 서점 마계로 가고 있었다. 먹구름이 몰려오고 번개가 치고 있었다.

"조금 늦은 것 같습니다."

　수의 말에 흑은 속도를 내기 시작했다. 그러다 갑자기 흑은 궁금한 듯 물었다.

"아기 때 보고 한동안 못 봤겠지요?"

"네. 그렇습니다."

"약한 아이였습니까?"

수는 조금 머뭇거리며 미소를 띠었다. 예전의 미화를 기억하니 웃음이 흘렀다.

"약했습니다."

흑은 슬쩍 눈길을 돌려 수의 미소를 보았다. 정이 들었던 걸까라는 생각을 하며 한 번도 미화의 이야기를 하지 않았던 수에게 고마움을 느꼈다.

"고맙습니다. 수 대장군."

수는 흑의 말에 잠시 생각에 잠기다 대답했다.

"저도 그 말을 하고 싶었습니다. 미화를 통해 잠시나마 여인이 될 수 있었습니다."

"큰 짐을 지웠습니다."

"화문의 말이 맞았습니다. 미화를 부탁할 때. 사실 거절했지만 화문은 할 수밖에 없을 거라고 했습니다. 그리고. 제가 이 말을 해도 괜찮을지. 흑."

흑은 조용히 고개를 끄덕였다.

"흑이 아버지의 삶을 살았으면 좋겠다고 했습니다."

"그렇군요."

"누구도 해 주지 못한 일을 해 주고 싶다고 했습니다. 아버지로서 흑의 삶을요."

"화문답군요."

흑은 더욱 빠르게 하늘을 날았다. 오랜만에 느껴보는 거센 바람이 흑의 눈을 감겼다. 화문의 향기로운 바람이 부는 것 같았다. 화문을 닮은 딸. 자신의 딸을 지키러 가는 흑의 마음은 어느 때보다도 가벼웠다. 들릴 듯 말 듯 흑은 말했다.

"화문. 보고 싶습니다."

청룡들은 서점 마계를 둘러쌌다.

"아직도. 아직도. 아직도 그깟 집 하나를 못 부신다는 게 말이 되느냐?"

청해의 화난 음성이 쩌렁쩌렁 번개처럼 내리꽂혔다.

"청룡의 군주 청해여. 이 집은 그냥 집이 아닙니다. 사람들의 오래된 염원과 희망이 쌓이고 쌓여 도저히 창으로는 뚫을 수가 없습니다."

"그깟 사람들이 무슨 일을 할 수 있단 말이냐? 나는 청룡의 군주다! 내 아들 사용의 구슬이라도 되찾아 와야 한다. 어서 이 집을 부숴라. 당장!"

청해는 이제는 구슬이 된 사용에 시선을 떼지 못했다. 청해에게 아들은 아직 살아 있었다.

"내 아들. 사용."

그에게는 얼마나 자랑스러운 아들이었나. 사용은 아버지를 정말 잘 따르는 아들이었다. 청해 또한 사용을 사랑하는 마음이 컸다.

"사용. 아버지를 용서하지 마라. 나는 그저 너에게 큰 힘을 주고 싶었을 뿐이다."

청해의 눈에는 아들을 잃은 아버지의 분노가 이글거렸다.

자신이 가질 수 없었던 큰 힘을 아들에게 주고 싶었다. 용들의 전쟁에서 청룡들을 지키며 청해는 누구보다 큰 힘을 염원했다. 아들은 누구도 대적할 수 없는 세상의 왕이 되어 자신과 같은 힘듦을 겪지 않기만을 바랐다. 사용의 마지막을 보면서 아무것도 할 수 없었던 청해는 그 누구보다도 자신에게 깊은 실망감을 느꼈다.

"이것밖에 안 되다니. 기껏 무녀에게. 이렇게 당하다니."

그렇게 청해가 좌절할 때 자식을 지키러 온 또 다른 아버지들이 도착했다. 한곳에 모인 용족들이 운명처럼 마계 위에서 만났다.

"흑룡의 수장 흑 도착했습니다. 이곳은 절대 들어갈 수 없습니다."

그의 눈은 더욱 찢어지며 새빨간 입술은 더욱 붉었다.

"백룡의 수장 백선의 이름을 걸고 예언은 이루어져야 합니다. 모든 예언은 새로운 주인을 맞이하고 있습니다. 청해. 그만두시오."

백선의 말에 흑룡 수는 자기도 모르게 웃음을 지었다. 그깟 예언 때문에 버렸던 시간들이 알알이 몸에 박힌 듯 아파왔다. 그러나 지금은 달랐다. 이제 흑에게는 움츠리고 기다렸던 시간들을 보상받듯 사무친 마음을 드러낼 시간이었다.

"백선 당신마저. 나는 지금 아들을 잃었다. 내가 그깟 말을 들을 것 같으냐?"

"기억이 안 나십니까? 나는 내 손으로 화문을 죽였습니다. 쫓아오지만 않았어도 화문은 살았을 겁니다. 당신도 마찬가지. 당신의 아들 사용을 잃지 않았을 것입니다."

"네가 직접 죽였다. 왜 이제 와서 그것을 우리 탓으로 돌리느냐. 사용의 죽음과 그것이 무슨 연관이 있다고! 사용은 위대한 용족이다!"

흑은 찢어진 눈에 실핏줄이 올라오며 앙칼진 음성으로 말했다.

"아무기겠지요. 당신의 욕심이, 과욕이, 화문을 죽이고 당신의 아들 또한 그렇게 만든 것입니다. 어서 여기를 떠나세요. 사용은 이런 걸 원하지 않습니다."

"네가 뭔데! 그런 말을 하는 것이야!"

청해의 말이 끝나기 무섭게 하늘에 벼락이 더욱 세차게 쳤다. 으르렁거리는 세 용족의 수장들은 모두 아버지의 눈을 하고 있었다. 흑은 비웃듯 자신의 검을 뽑았다. 검에 새겨진 불꽃모양의 깃털은 지금이라도 타오를 듯했다.

"제가 당신에게 한 가지를 알려 드리겠습니다. 잃은 다음은 지켜야 할 게 없습니다. 지켜야 할 때 최선을 다해야 하는 것입니다. 그것이 비록 되지 않을 일이라고 해도 말입니다. 나는 그것을 너무 늦게 알았습니다. 당신은 사용을 잃었습니다. 이제 무엇을 지키려고 합니까? 저는 드디어 지킬 것이 생겼습니다."

청해는 허탈한 표정을 감출 수가 없었다. 청해에게 사용은 자신의 목숨과도 같았다. 사용이 사라진 지금 자신이 지켜야 할 것이 무엇일까.

"없다. 오직 죽음뿐이다. 모두에게! 내 아들의 복수를 위해! 모두 이곳에서 멸하리라."

"그렇지 않습니다. 청해."

백선은 청해의 말에 안타까운 표정을 지었다.

"청해. 사용은 그런 것을 원하지 않았을 것입니다. 잘 생각해 보세요. 사용은 무엇을 지키려고 했는지요."

청해의 눈은 초점을 잃었다. 아들 사용이 지키려고 한 것이야 당연히 사해 용왕이었을 것이라고 생각했다. 그런데 도대체 왜 기꺼이 여의주가 되는 선택을 했는지 모를 일이었다.

"그럼 전 이제 지키겠습니다."

흑의 칼은 검푸른 빛을 발산하고 있었다. 백선은 어쩔 수 없다는 듯 자신의 창을 끄집어 하늘에 들었다. 빛이 번쩍이며 별들이 쏟아져 내리고 있었다.

"청해. 지금 당신의 적은 흑룡뿐이 아닙니다. 나 또한 지켜야 할 것이 있습니다."

"너희들이 정녕! 언젠가 이런 날이 오리라 생각했다! 청룡들이여! 이들을 모두 한 명도 빠짐없이 없애라."

청해의 울부짖음이 하늘을 찢을 듯 날카로웠다. 소리는 비명에 가까웠다. 용족들은 처참한 소리에 모두 귀를 막았다. 청해는 하늘로 날아올라 번개를 내려치기 시작했다. 전쟁의 서막이었다.

 흑룡의 수장 흑은 시끄러운 와중에서도 서점 마계를 보고 있었다. 검푸른 옷에 붉은 피가 적셔진 채 붉은 깃털들에 둘러싸인 자신의 딸 미화가 보였다. 그녀의 머리카락은 어두운 밤처럼 고요하며 매끈했고 눈은 깊은 밤 그대로였다.
"화문. 당신의 딸입니다."
 흑의 눈에 그리움이 깔렸다. 백선은 그런 흑의 눈빛에 울컥거리는 마음을 참을 수 없었다. 그것은 곧 백선의 눈빛이기도 했다.
"그렇군. 역시. 화문의 딸이 살아 있었군요."
 백선은 하얀빛이 타오르고 있는 활을 고쳐 들었다.
"흑. 부탁이 있습니다. 내 딸 수를 꼭 살려 주시오. 당신의 딸을 지키겠습니다."
 흑은 조용히 고개를 끄덕였다. 백선은 활을 가다듬으며 하늘로 올라갔다. 화문과 함께 검은 구슬의 종족에게 가던 그날 밤도 이렇게 거센 비가 내리고 있었다.
"매일 그날을 생각했습니다. 하루도 빠짐없이 후회했습니다."

어느새 나타난 수의 눈빛이 매우 서글펐다.

"화문을 위하여!"

흑의 속삭이는 말에 답하듯 피 냄새가 서점 마계에서 올라오고 있었다.

"흑룡들이여! 청룡의 그 누구도 살려 보내지 말아라. 오늘 우리는 여기서 모두 죽는 한이 있더라도 그들을 멸망시킬 것이다. 세상에 없어서는 안 되는 종족이 있다면 그것은 흑룡이 아니다. 흑룡은 어느 누구보다도 강하다. 나 흑룡의 수장 흑. 한때는 청룡의 왕자였던 시간을 기억한다. 모두들 기억할 것이다. 우리는 이대로 흑룡으로 기억될 수 없다. 승리한 자의 역사를 쓰자. 오늘은 이긴다."

흑룡들은 일제히 검을 들어 하늘을 마치 원망하듯 하늘을 향했다. 흑룡들의 검들이 일제히 검은 빛으로 뒤덮였다. 백선은 신음했다. 이렇게 많은 흑룡들이 자신과 청룡으로 인해 상처받았다는 생각이 들자 견딜 수 없었다. 지금까지 자신이 백룡으로 지켰던 많은 규율과 질서가 의미 없는 것처럼 느껴졌다. 자신의 딸을 심연으로 보낼 때까지도 백선은 자신이 올바른 일을 하고 있었다고 생각했다. 그런데 지금 흑룡들의 검이 빼곡히 하늘을 향하자 백선은 그것이 마치 자신에게 겨누는 검처럼 아프게 느껴졌다.

"흑룡의 대장군 수. 오늘 여기서 이기겠습니다. 흑룡을 위하여!"

수의 대답에 흑룡들은 환호했다. 그것은 마치 울음 같기도 하고 웃음 같기도 했다.

독? 약?

"흑. 이것은 좋은 생각이 아닌 것 같아요."

흑은 화문의 다정한 손길을 늘 좋아했다. 그러나 그날은 달랐다. 화문의 다정한 손이 따가웠다.

"화문. 내 뜻을 꺾지 마세요."

흑은 그녀와 함께 새로운 삶을 꿈꾸기 시작했다.

"희망이란 참 어지럽습니다. 이렇게 연약한 것이 또 있겠습니까."

흑의 말에 화문은 힘들게 걸으며 옅은 미소를 보였다.

"흑 진정 그들이 우리를 돕는다고 했나요?"

"그렇습니다."

"그렇다면 당신은 무엇을 주기로 했나요?"

흑은 화문의 말에 잠깐 걸음을 멈추었다. 화문의 걱정스러운 얼굴을 바라보며 어떻게 하면 그녀의 걱정을 멈출 수 있을까 생각하는 흑이었다.

"나를 그저 믿어 주십시오."

흑의 진실된 말에 화문은 고개를 끄덕였다.

"어디에서 만나기로 했나요?"

"이제 조금만 더 가면 됩니다. 화문."

"흑. 사실 좀 이상한 기분이 자꾸 듭니다. 이 사실을 누구에게 말한 적이 있나요?"

"검이 알고 있습니다. 그러나 검은 충신입니다. 걱정하지 마세요."

화문은 조금 긴장한 듯 손에 땀이 배었다.

"자꾸 이상한 기분이 듭니다. 오늘일 것만 같고, 몸이 무겁습니다."흑은 그런 화문의 손을 정성스럽게 자신의 옷으로 닦았다. 흐트러진 머리를 쓰다듬어 주고 다정스레 손을 다시 꼭 쥐었다.

"우리는 행복할 수 있습니다."

"흑. 저는 지금도 행복해요."

"더 행복할 수 있습니다."

흑과 화문은 그렇게 한참을 더 걸었다. 화문은 오늘이 언젠가 보았던 자신의 마지막 밤일 것이라는 생각이 들었다. 조금 앞장서며 걷는 흑의 손을 물끄러미 바라보았다. 다시는 이 손을 잡을 수 없다는 생각에 마음이 미어지는 것 같았다.

"보고 싶어서. 어떻게 할까요?"

"화문? 뭐라고 했습니까?"

"힘듭니다."

그리고 화문이 짓는 밝은 미소에 흑은 안심하며 걸음을 재촉했다. 빗방울이 떨어지기 시작했다. 굵직한 빗방울은 그들의 시야를 금세 가렸다.

"화문. 조금만 더 가면 됩니다."

"흑. 잠시만 비를 피해요."

흑은 마음이 급했지만 화문의 배를 보며 비를 피할 수 있는 곳을 찾았다.

"흑. 이 아이가 태어나면 이름을 무엇으로 지을까요?"

"이름?"

"네 우리 아이 이름요."

흑은 당혹스러움을 감추지 못했다. 그런 흑의 모습을 보며 화문은 웃음이 새어 나왔다.

"여자아이라면 실망하실 겁니까?"

"그렇지 않습니다. 전 여자아이가 좋습니다. 당신을 닮았을 테니."

"당신을 닮은 여자아이라면요?"

"아. 그건 싫습니다."

둘은 빗방울을 피해 서로의 얼굴을 보며 웃었다.

"미화로 합시다. 화문."

"무슨 뜻입니까?"

"아름다운 꽃. 이 비가 그치면 곧 꽃이 피지 않겠습니까."

"흑. 그런데 왜 주위 사람들을 다시 믿나요? 그렇게 배신을 당했으면서요."

"당신을 만났기 때문입니다."

걱정하는 얼굴의 화문을 보며 흑은 비로 엉클어진 머리카락을 정리해 주었다..

"아무도 우리를 배신하지 않습니다. 우리는 안전하게 도착할 것이고 미화는 누구보다 예쁜 아이로 자랄겁니다. 사랑받으며."

"그럼 검은 종족에게 무엇을 주기로 했는지. 그것만 말해 주십시오."

화문의 단호한 말에 흑은 당혹감을 감추지 못했다.

"꼭 들어야 합니까?"

"네. 무엇을 주기로 했습니까?"

"왕의 여의주를 주기로 했습니다."

"어디 있는지 아십니까?"

"모릅니다. 하하하하하. 하지만 도착하고 우리가 안전하면 제가 찾으면 됩니다."

"제가 한 예언을 잊지 않으셨겠죠?"

"푸른빛 기운을 가진 자. 새로운 왕의 길을 걷게 되리라. 그러나 왕의 여의주를 갖지 못하면 고통 속에 이무기가 되어 붉게 타 소멸하리니. 같은 운명을 갖고 잠든 자가 새 주인이 되리라."

"흑. 당신은 청룡의 피가 흐르고 있습니다."

화문의 말에 흑의 얼굴은 어두워졌다. 버려진 기억들이 되살아났다.

"난 흑룡입니다."

"하지만 당신은 청룡의 왕족입니다. 왕의 여의주는 무엇입니까? 알고 계시나요?"

"왕의 여의주는 용족의 왕인 사해 용왕이 가질 수 있는 여의주입니다."

"붉은 깃털 종족 또한 전설이 있지만 사대 용왕이라는 말은 없었는데. 비슷한 게 신기하네요?"

"당신 종족도 왕의 여의주라고 합니까?"

"네, 그건 같습니다. 왕의 여의주를 가진 자가 모든 종족의 왕이 된다고 들었습니다. 그런데 어떻게 그걸 찾으려고 하시나요?"

"찾을 수 있습니다."

비가 잦아들기 시작했다. 왕의 여의주를 검은 구슬 종족과의 거래로 바꾸려고 했다는 말을 들으며 화문은 자꾸 흑이 걱정되는 마음을 숨길 수 없었다.

"오늘 우리가 가는 길은 누가 알려 준 것입니까?"

"검이오. 검이 나를 대신해 검은 구슬 종족과 거래를 했습니다."

"검을 믿으십니까?"

"오늘따라 화문답지 않습니다."

화문은 아랫배에 묵직한 고통을 느끼며 배를 감싸 쥐었다. 그리고 길가에 떨어진 나뭇가지 하나를 주웠다.

"흑. 이걸 우리 미화의 생일 선물로 줘요."

"왜 나뭇가지를?"

"당신과 나의 희망의 기운을 담아 새로운 곳에서도 아이와 함께 클 수 있게 선물로 줍시다."

화문은 자신의 기운을 담아 나뭇가지에 넣었다. 그리고 흑은 화문이 시키는 대로 기운을 담았다.

"훗날 우리 아이가 새로운 세상이 필요하다면 이 나무가 새로운 세상을 만들어 주리라."

"화문. 오늘따라 이상합니다."

걱정스럽게 바라보는 흑의 얼굴을 슬프게 바라보며 화문은 눈물이 맺혔다.

"당신과 함께 할 수 있기를 바라고 바랐는데. 이것이 그렇게 어려운 일일 줄이야. 검은 구슬 종족은 당신을 배신했어요. 아까 비가 내렸을 때 알았습니다."

"그럴 리가 없습니다."

"검은 구슬 종족이 우리에게만 비를 내렸습니다. 곧 용족들이 올 것입니다. 우리의 배신을 알렸습니다. 검은 구슬 종족은 공기 종족, 하늘의 기운입니다. 그들이 원하는 건 왕의 여의주가 아닙니다. 균형입니다. 작은 여자아이가 보입니다."

"화문. 갑시다. 어서."

"그들은 누구도 왕의 여의주를 갖게 하지 못할 심산입니다. 그러나 우리를 배신한 대가를 치르게 될 것입니다. 그것도 균형. 그것은 독이며 약이고, 빛이며 그림자. 아름다움이며 추함으로 우리 미화에게 올 것입니다. 흑. 검은 구슬 종족이 미화에게 무엇을 줄지 걱정입니다."

"화문. 약한 소리. 하지 마십시오. 갑시다."

화문은 입을 꾹 닫은 채 그렇게 흑의 손을 잡고 걸었다. 자꾸 눈물이 나올 것 같아 흑의 손에 힘을 실었다.

붉은 생채기

 석우는 무녀 미화를 슬프게 쳐다보았다. 미화는 이미 많은 피를 소모했고 자신이 쓰고 있는 기운에 많이 함몰되고 있었다. 거대한 피의 장막은 이글거리는 태양처럼 기괴한 빛을 내고 있었다.
 "부르셨습니까. 미화."
 미화의 부름에 방울이는 거대한 뱀의 그림자로 나타났다.
 "그렇다."
 "무엇을 할까요?"
 "홀연이를 찾아라. 그리고 몸에 들어가라."
 "이번에도 역시 싫습니다. 그 아이의 몸엔 홀연이가 있습니다. 비어 있지 않은 몸에 들어가는 건."

"꺼림직하겠지. 그러나 들어가라. 명령이다."

"이유라도 알려 주십시오."

"심연의 밤에 다시 가두기 위해서다."

석우는 밝게 웃으며 주인의 어깨를 툭 쳤다.

"거기 들어가 있으면 안전하겠다! 잘됐네. 홀연아!"

홀연이를 외치며 석우는 안전한 곳이 있어 다행이라고 생각했다. 그러나 주인은 석우의 팔을 잡았다.

"무녀 미화. 당신의 심연은 안 됩니다. 홀연이가 재미있는 사실을 알려 주었죠."

"방울. 알고 싶지 않다."

"아뇨. 들으셔야 합니다. 저는 당신이 준 나뭇가지를 먹고 새로운 세상을 기대하며 당신의 심연의 밤으로 들어갔습니다. 그러나 그곳에서는 어떠한 것도 자라지 않았습니다. 미화. 그 이유를 홀연이가 이야기해 주었지요."

"방울아. 듣고 싶지 않다. 나는. 그저 홀연이가 그곳에 있길 바란다."

"미화. 그곳에 당신의 아버지와 어머니의 어긋난 기운들이 있다는 것을 이미 알고 계시는군요. 왜 당신에게 그 마음들이 갔는지 모르겠습니다. 아니 알 것도 같습니다. 아버지는 당신에게 차가운 심연을, 어머니는 당신에게 붉은 입을 주셨습니다. 그곳에 들어간 어떤 이들도 살아남지 못하지만 검은 구슬의 종족인 홀연은 가능하다는 것까지도요."

차갑고 냉정한 방울이의 말에 미화는 처음으로 화가 났다.

"나보고 어쩌란 것이냐. 그럼. 홀연이가 다치면. 어쩌란 거냐. 내 아버지는 본 적도 없는 분이다. 그분의 심연을 왜 내가 지고 있어야 하느냐 말이다."

미화는 붉어진 얼굴로 방울이에게 명령을 내렸다.

"어서 홀연이의 몸에 들어가라."

석우는 미화의 얼굴을 바라보며 자신의 부모님이 떠올랐다. 그저 평범한 집안의 막내아들이었다. 물려줄 재산 하나 없었지만 그나마 있던 재산은 형 뒷바라지로 대출을 받았다. 첫 직장을 잡았을 때도 왕복 5시간의 거리를 감내해야 했다. 구역질이 났다. 월세방을 알아보려고 했지만, 그마저도 부모님은 허락하지 않으셨다. 공무원이 돼서야 강원도 발령으로 집을 떠날 수 있는 기준이 생겼다. 부모님의 기준은 아무것도 보이지 않는 밤 같았다. 날카로운 말만 가득한 끝없는 어둠 같았다. 다시는 집으로 돌아가지 않을 거라고 생각했다. 부모님의 어둠속에서는 어떠한 희망의 별도 빛나지 못했다. 마치 서로가 쓰는 언어가 다르듯 서로를 이해할 수 없었던 어둠 뿐이었다. 석우는 어느새 눈시울이 붉어졌다.

"젠장. 왜 이렇게 어두운 거냐."

석우는 미화가 안쓰러워 다가가려고 했다. 그러자 주인은 고개를 저으며 그를 말렸다.

"미화의 몫입니다."

"그러기에는 미화는 너무 어려. 우리가 그녀에게 지워주는 짐이 너무 크다."

"세상의 왕입니다."

석우는 주인의 물기둥이 받치고 있는 사용, 이제는 맑은 왕의 여의주를 바라보았다. 여의주는 깨끗한 물 위에 반지르르한 기운들을 뿜으며 매혹적으로 빛나고 있었다.

"주인. 너무 괴롭지 않아? 부모가 남겨준 것이 왜 그런 괴물이란 거냐. 화문은 그걸 알았을까? 어떤 부모도 그런 것 따위 원할 리가 없잖아. 사용의 아버지도 몰랐을 거다. 끊임없이 잔인해질 수 있던 원동력이 자신이었다는 것을 말이야. 자신도 모르게 그렇게 괴물이 생겼다는 사실을 알았다면 화문은 절대 아이를 낳지 않았을 거야."

"석우는 참 선량합니다. 대출금만 없다면 완벽한 남자네요. 그러나 석우. 이제 이것은 미화의 몫입니다. 미화를 믿어야 합니다. 우리만이 해 줄 수 있는 일입니다."

"그래. 그것이. 파티지."

"아. 파티? 그것이 뭔지 모르지만, 우리가 해야 합니다."

"전문 용어야. 미화는 공격수고. 넌 아직 멀었다."

석우는 노란 구슬의 종족이라는 과거를 인정했다. 그리고 원룸에 있었던 자신도 받아들였다. 그리고 지금 미화를 위해 할 수 있는 것이 이것이라는 확신이 들었다.

"미화. 잘 들으세요. 한 번만 말할 겁니다."

석우는 아주 큰 소리로 외쳤다. 목소리가 살짝 떨리고 눈가에 눈물이 맺혔지만 환한 웃음을 지었다. 활기찬 목소리로 힘을 다해 외쳤다.

"마음대로 해라. 내가 가서 박살 내 줄게. 네가 여기서 제일 세다. 우리는 파티다!"

미화는 고요한 눈빛으로 석우를 바라보았다. 모두 미화가 선택한 것은 아니었다. 그러나 홀연이, 석우, 주인이는 미화의 선택이었다. 함께 가기로 한 선택에서 그들은 묵묵하게 자신을 기다려 주고 있었다. 선택과 그것으로 인한 모든 어둠까지도 함께할 그들이었다.

"무녀 미화. 아무도 당신을 원망하지 않을 겁니다. 홀연이에게 갈까요?"

방울이는 미화의 손을 바라보았다. 어렸을 적 그녀의 손목에 묶였을 때도 그 무게를 견디던 아이였다. 자신이 배신한 자의 딸 미화를 이제 방울이는 선택해야 했다.

"가을이 저도 좋습니다."

방울이의 말에 미화는 손목을 가리켰다.

"기꺼이."

방울은 가느다란 팔찌의 종으로 들어갔다. 거세게 종이 한동안 움직였고 석우와 주인은 미화를 기다렸다.

"왕의 여의주를 묻어라."

석우는 기쁘게 주인을 바라봤고 주인은 재빠르게 거센 물결을 일으켜 여의주를 바다으로 던졌다. 왕의 여의주는 바다 깊숙이 가라앉고 있었다. 석우는 기다렸다는 듯 재빠르게 묻기 시작했다. 어느새 왕의 여의주는 보이지 않았다.

"홀연아. 이제 나와."

"석우. 저기 창밖을 보세요."

"위에? 홀연이가 언제 창밖으로 갔지?"

창밖을 본 석우는 탄식했다. 용족들이었다. 청룡과 백룡 그리고 흑룡들이 처참히 싸우고 있었다. 서점 마계의 피의 장막들이 조금씩 떨리고 있었다.

"미화가 피를 너무 많이 흘렸습니다. 저는 물을 모두 거두겠습니다. 제 물에서도 피 냄새가 진동을 하는군요. 석우가 힘을 많이 써야 할 것 같습니다."

주인은 물을 거두기 시작했다. 그제서야 미화의 창백한 얼굴과 파란 입술이 눈에 들어왔던 석우는 달려가 미화의 손을 잡았다. 밤의 장막이 펼쳐지자 얼른 손을 떼며 석우는 답답한 표정을 지었다.

"철벽이네. 철벽이야. 어떻게 힘을 줘야 해."

미화의 차디차게 식은 몸이 느껴졌다.

"싸울 수 있겠어요?"

석우는 미화의 얼굴을 차마 보지 못하고 그녀의 발아래에 뚝뚝 떨어지는 피를 보며 말했다.

"뭐 서점은 다시 대출받으면 되는데."

더 이상 말을 못 하는 석우 옆에 어느새 나타난 주인이 석우의 어깨를 툭 건드렸다.

"내가 본 석우의 모습 중 가장 풀이 죽었는데요. 그날 곧 죽을 걸 알면서도 아주 세게 나갔던 석우님은 어디 있습니까."

"그건. 바보야. 내가 아니어서 그렇다. 나는 괜찮은데. 미화를 봐. 내가 어떻게 도와줘야 할지 모르겠어. 저러다 어렵게 봉인에서 풀렸는데 죽는 거 아냐. 뭐, 그럼 뭐 하러 싸워. 도망가서 어? 연애도 하고 고기도 먹고 그래야지. 이게 뭐냐. 개죽음이다. 개죽음."

석우는 이런 상황이 갑갑했다. 아무것도 해 줄 게 없는 삶이 이렇게 힘든 삶일 줄 몰랐다.

"내가 뭘 해야 하냐고."

"아무것도. 너는 충분히 했다."

물이 사라지고 깃털들도 소멸했지만, 미화의 옷은 피에 젖어 축축한 상태였다.

"감기 걸리겠어 이러다가. 다 코로나 같은 거 걸려서 죽는 거 아냐?"

"제가 책을 좀 읽었습니다. 코로나와 감기는 조금 다릅니다."

주인의 말에 이제는 그렇게 화가 나지 않음을 석우는 신기하게 느꼈다.

"야. 조크. 너는 농담이라는 개념 좀 탑재해라. 무녀 미화. 이제 조금 앉아서라도 쉬어봐요. 만지면 자꾸 밤이 펼쳐져서. 잘 집중이 안 돼요. 바닥으로 가까이 몸을 눕혀요. 힘을 보내 볼게요."

투덜거리는 석우는 다시 땅에 손을 대려고 했다. 그러자 잿빛 냄새가 나며 검은 거품이 손에 생겼다. 미화였다.

"그만 해도 된다. 사람들은 나를 불사조라고 했다. 재가 되어야 또 태어난다."

"이미 책에 봉인되어 몸도 한번 바뀌고, 저 주인 녀석 때문에 한 번 죽지 않았습니까. 또 가능합니까. 이게."

"잘 모른다. 들은 게 별로 없다. 하지만 붉은 깃털의 종족을 사람들이 불사조라고 한 이유가 있겠지. 어머니 화문은 아마 그래서 나를 오랫동안 영혼으로 보실 수 있었는지도 모르겠다."

"살아난 건 아니잖아요. 그럼 이게 마지막이면 어떡합니까. 미화. 그냥 내 힘을 받아요. 왜 그걸 막습니까."

"당신은 이제 준비해야 한다. 장벽은 곧 깨질 것이다. 내가 힘이 약해져서다. 지금까지 집이 애를 썼다. 그래서 버텼지만 앞으로는. 안 되겠지."

이미 모든 힘을 거의 다 소진한 것 같은 미화는 금방이라도 쓰러질 것 같았다.

"사실 이것이 될지 안 될지 잘 모른다. 무언가 규칙이 있는 것 같기도 하고. 다시 살아나는 법칙이 있는 것 같은데. 잘 모르겠다. 하지만 방법이 없구나."

"그렇게까지 무식하게 무언가를 지키려고 하니까 이런 사단이 나는 겁니다. 도대체가 다들 바보들이어서. 진짜. 이런 건 무너져도 돼요. 고치면 돼."

"그럼 당신은 바보가 아닙니까."

주인의 웃음 섞인 말에 석우는 말없이 벽에 몸을 기대고 앉았다.

"내 팔자가 그렇지 뭐. 서점은 무슨 서점. 용족들아 너희들 진짜 도움이 하나도 안 되는구나. 다 없애주마 진짜."

"하. 없애는 건 석우가 전혀 못 하는 기술입니다."

석우는 그 말에 얼굴을 감쌌다. 약간의 흔들림이 얼굴에 스쳤다.

"조용히 해라. 서점 놀란다."

"아니 무너져도 된다고 하시지 않았습니까?"

"넌 안 돼. 네가 무너지게 하면 다 청구할 거야. 여기 목조 건물이거든? 너 때문에 물 다 먹었어. 넌 용족 가면 보자."

"석우. 미화는요?"

"저 피 좀 봐라. 지키려다 그런 거잖아."

"저도 지키려고 했습니다."

석우는 손사래를 치며 귀찮은 듯 눈을 감았다.

"침이나 뱉지 마."

주인은 석우 곁으로 가 앉았다. 석우는 금방이라도 울 것 같은 표정을 짓고 있었다.

"누군가를 죽이는 기술은 안 좋은 겁니다. 제가 말을 잘 못했습니다. 오랜 시간 혼자 살다 보니 아직 부족한 게 많아요. 석우의 기술은 아무도 흉내 내지 못합니다. 저는 그날 사용의 앞에서 웃고 있는 당신을 보았어요. 어떤 공격으로도 그렇게 시간을 벌지 못했을 겁니다. 이건 사실입니다."

"왕의 여의주는 잘 바닥에 넣은 거 맞지? 기억이 잘 안 나. 금방이라도 잠이 올 것 같아."

석우의 말에 주인은 힘을 주어 말했다.

"아주 빠르고 훌륭했어요."

그제서야 석우는 씨익 웃음을 지었다.

"나는 땅도 잘 판다. 음. 공격 기술 아닌가?"

백선의 별

적장이지만 인정할 수밖에 없는 흑의 칼이었다. 칼은 자비로움 없이 청룡들을 베었다. 젊고 어린 청룡들은 흑의 노련한 검법과 주술을 이겨내지 못했다. 백선은 가장 높은 곳에 떠서 활을 조준했다. 수많은 백룡들의 화살이 청룡들에게 쏟아졌다. 주술을 건 화살은 오직 청룡들에게만 꽂혔다. 검은 먹구름들 사이를 뚫고 쏟아지는 하얀 빛들은 마치 별똥별 같았다. 그리고 일제히 떨어지는 청룡들의 시신과 비명이 이어졌다. 청룡 청해는 이미 제정신이 아니었다. 아무리 수가 절대적으로 많은 청룡들이었지만 흑룡과 백룡이 함께 맞서자 밀리기 시작했다.

"청룡들이여! 물러서지 말아라."

청해의 마음에 점차 두려움이 깃들기 시작했다. 오랜 전쟁터를 누비며 잔뼈가 굵은 청해였지만 이런 맹공격은 거의 처음이었다. 흑룡들의 검은 원한이 맺힌 듯 사납고 예리했다. 또한 백룡들의 활은 백발백중이었다. 활이 꽂히고 검에 베여 떨어지는 청룡들을 바라보며 청해는 이 모든 사실을 받아들이기가 힘들었다. 모두가 이 서점 마계에 있는 무녀가 원인이리라.

"도대체 누구란 말이냐. 그깟 여자아이가."

청해는 창에 분노를 실어 다시 서점에 둘러싸인 장막에 내리꽂았다. 그러나 피의 장막을 뚫을 수 없었다.

"나는 사용을 잃었다. 그리고 이제 나의 청룡들도 죽어 가고 있다. 이제 나에게 사해 용왕이 무슨 소용이란 말이냐."

청해의 얼굴은 어그러지고 있었다. 더 크고 큰 힘이 필요했다. 청해는 신음했다. 그러나 곧 결정을 한 듯 금지된 주술을 외우기 시작했다.

"모든 기운들이여. 나 청해. 모든 운명을 거슬러 용족이길 포기하노니 그에 상응하는 능력을 달라!"

청해의 가슴속에 빛이 나는 여의주가 나오고 있었다. 자신의 아들 사용의 여의주를 버리고 그에 상응하는 빙의 능력을 가지게 되듯 청해도 여의주를 버려 자신의 능력을 최대치로 끌어올리고 있었다. 여의주는 뱉어지자마자 엄청난 빛을 내며 산산히 부서졌다. 순간 청해의 몸이 커지고 근육이 붙기 시작했다. 새로운 힘이 몸으로 흐르며 주변으로 작은 스파크를 냈다.

"힘이 느껴진다."

청해는 다시 엄청난 힘으로 서점 마계의 장막에 창을 내리쳤다. 그러길 여러 번 드디어 서점 마계의 핏빛 장막이 조금씩 금이 갔다.

"금이 갔다. 들어가 무녀를 죽여라."

청해의 말에 흑룡들은 서점 마계의 입구를 급히 막아섰다. 사실 모두 알고 있었다. 그러나 아무도 말하지 않았다. 비가 거세게 오던 날 흑룡의 군주 흑이 도망갔다는 말을 들은 흑룡들은 깊은 상실감을 느꼈다. 배신감에 그들의 군주를 처단하러 간 흑룡들은 흑의 영혼이 산산조각이 났음을 느꼈다. 그들은 아이의 존재를 군주의 입으로 확인받고 싶었지만 모두 흑과 함께 깊은 침묵으로 기다렸다.

"흑이여. 저희가 지키겠습니다. 흑룡의 딸을."

그리고 그것을 지켜보던 수는 팔에 난 상처에 붕대를 감으며 소리쳤다.

"우리는 모두 버림받았다. 버림받은 우리가 심연에서 누구를 만났는지 기억하라. 우리가 버린 흑룡의 군주 흑의 딸. 붉은 깃털의 종족 화문의 딸이 저기에 있다. 그녀에게 버림받지 않았음을 일깨워 주자. 흑룡의 이름으로!"

백선은 수의 말을 들으며 활시위를 놓았다. 그동안 자신이 지키고자 했던 신념과 규칙은 도대체 무엇이었던 것인가. 수의 팔에 상처를 보며 백선은 감춰둔 날카로운 이를 드러내 크르릉 소리를 냈다. 수의 아장아장 걷던 모습과 자신을 쳐다보며 웃던 모습이 백선의 마음을 아프게 했다.

"수. 네가 백선보다 낫구나."

자신의 딸을 물끄러미 바라보던 백선은 서점 마계를 둘러싸고 있는 흑룡의 무리로 걸어가는 청해를 보았다.

"청해. 너의 상대는 나다!"

청해는 백선의 소리를 들은체하지도 않고 막고자 하는 흑룡의 몸에 창을 깊이 넣었다. 오랜 전투에 노련한 청해였다. 흑룡들이 에워쌌지만 얼마나 버틸지 알 수 없었다. 그리고 청해의 뒤에는 아직도 너무 많은 청룡들이 달려오고 있었다.

백선은 자신의 화살에 손을 대며 주술을 걸었다. 화살은 거대해지며 어떤 빛보다도 환한 흰빛으로 빛났다.

"청해. 나의 화살을 받으라."

화살은 정확히 청해에게 향했다. 청해는 백선의 화살을 피할 수 없음을 알았다.

"백선. 네가 끝까지!"

배신감에 청해는 서점 마계를 찌르던 창을 백선에게 날렸다.

"청룡의 창이여. 배신자 백선의 가슴의 심장을 꿰뚫어라."

분노에 눈이 먼 청해의 주술은 날아가는 창에 푸른 빛을 더하여 그대로 백선에게 날아가 꽂혔다.

수는 그 모습을 지켜보며 창을 따라가 막으려고 했다. 그러나 창은 너무 빠르고 주술의 힘이 강해 수의 검이 닿기도 전에 백선의 가슴에 꽂혔다.

"보았느냐. 그동안 저깟 늙은이를 대접하며 살려줬는데. 배신을 하면 이렇게 되는 것이다. 돌아와라. 청룡의 창이여."

그러나 창은 움직이지 않았다. 가슴에 꽂힌 창을 백선은 두 손으로 잡아 더욱 자신의 몸으로 밀어 넣고 있었다.

무기도 없이 무방비 상태에 놓인 청해의 시선에 백선이 보낸 흰 화살이 이윽고 보였다. 이렇게 죽는 것인가 눈을 감아 버린 청해는 곧 엄습한 고통에 신음했다. 그 화살은 정확히 더 이상 청해가 움직일 수 없도록 오른쪽 허벅지를 관통했다. 주인을 잃은 흰 화살은 힘없이 아래로 떨어졌다.

청해는 혼란스러웠다. 자신의 심장이 아닌 곳을 노릴 줄은 몰랐다. 오래된 자신의 친구 백선에게 날린 창은 이미 그의 목숨을 앗아가는 데 충분할 터였다.

"백선!"

청해의 고함이 백선에게 닿았다.

"모자란 친구 같으니. 아직도 정신을 못 차렸군요."

기운이 사라지고 있는 백선은 힘없이 추락하고 있었다. 그리고 그런 백선에게 수는 날아왔다.

"아버지. 창을 빼세요. 창의 기운이 너무 강합니다."

백선은 아래로 떨어지며 하늘을 바라보았다. 비바람이 몰아치고 있는 하늘에 별이 수없이 박혀 있었다.

"나의 별자리로 돌아갈 때가 된 겁니다. 도를 깨우친다고 했던 일이 겨우 딸을 버린 것이었습니다. 수. 나의 별. 백선을 용서하지 마십시오."

수는 백선을 붙잡고 창을 빼려고 했지만, 백선의 몸에 깊이 박힌 창 위로 백선의 활이 엉겨 붙은 채 빠져나가지 못하게 잡고 있었다.

"아버지. 활을 버리세요. 살 수 있습니다."

"수. 왜 백선을 살리려 하십니까. 내가 밉지 않습니까?"

"그건 모릅니다. 그냥 사세요. 제가 미워할 수 있게요. 평생을 아버지를 미워하며 살았는데. 이제는 누구를 미워하며 삽니까. 아버지가 사셔야 제가 살 수 있습니다. 진짜 잔인하십니다."

"이 창이 있으면 아무것도 지키지 못합니다. 청해는 오늘 아들을 잃었습니다. 이 창은 나와 함께 사라져야 합니다."

"왜 그게 아버지입니까."

"그 질문은 제가 늘 했습니다. 왜 하필 수인가. 왜 너인가. 왜 내 딸인가. 수. 백선을 용서하지 마세요. 선택했던 날들이 늘 나를 따라다녔습니다. 그래서 더 질서를 지키려고 했는지 모릅니다. 그러나 실패했어요. 나는 행복하지 않았습니다. 수. 무녀 미화를 지키고 싶은가요?"

수는 점점 힘을 잃어가는 백선이 마지막까지도 창을 잡은 손에 힘을 주는 것을 보며 오열했다.

"마지막까지도 마음대로입니다."

"수. 행복해지세요. 그것이 지켜야 하는 일이라면 더욱 강해져야 합니다. 백선은 그렇게 하지 못했습니다. 이제야 할 수 있었습니다. 너를. 지키는 것이 왜 이렇게 힘든지."

힘없이 손을 놓는 백선의 가슴에 엉겨 붙던 활이 힘을 잃고 떨어지려고 하자 수는 그것을 잡아 어깨에 메었다. 그러자 화살은 다시 힘을 얻은 듯 흰빛을 더했다. 힘을 잃자 청해의 창은 백선의 가슴에서 나오려고 하고 있었다.

"아버지. 행복해지겠습니다. 마지막 선물은. 잘 받겠습니다."

청해의 창을 향해 수의 검이 검고 흰 물결을 그리며 박혔다.

"백룡의 수장 백선의 딸이자 흑룡의 대장군 수가 명한다. 땅의 수호자여! 명을 받들어 청룡의 창을 영원히 잠들게 하라."

순간 번쩍이는 노란 빛이 새어 들어오기 시작했다. 청룡의 창은 그대로 바닥에 박히며 서서히 자취를 감추고 있었다. 백룡의 군주 백선의 가슴에 박힌 채로 시야에서 사라졌다. 수는 그 자리에 털썩 주저앉았다.

"우리는 너무 서로 다른 별이었습니다. 아버지."

청해는 사라져 간 오래된 친구와 자신의 창을 지켜볼 수밖에 없었다. 다리가 욱신거려 앞으로 나갈 수가 없다. 주술이 깊게 들어간 자리라 우습게 볼 수는 없었다. 모든 상황이 청해는 이해할 수 없는 일들이었다. 특히 백선의 일은 오랜 시간을 살아온 청해에게도 꽤 큰 충격을 주었다.

"그저 가만히만 있으면 되는 거였다. 무녀도, 백선도, 내 아들도. 왜 다들."

창을 잃은 청해의 곁에 수많은 청룡들의 시체가 쌓이고 있었다. 이제는 군주를 잃은 백룡들의 화살까지도 거세졌다.

"이대로라면 타격이 너무 큽니다. 군주."

그의 앞에 절뚝거리며 피투성이가 된 청룡이 다가와 말했다.

"오늘은 그만 돌아가는 게 좋겠습니다. 사용은 죽었습니다."

"사용은 죽지 않았다. 왕의 여의주로 바뀐 걸 보지 않았나. 가져와야 한다. 내가 왕이 되면 된다. 그걸 사용도 바라고 있을 거다. 나약해 빠졌구나. 너는 청룡이 아니다."

청해는 긴 발톱으로 청룡의 목을 찔렀다. 그 모습을 본 다른 청룡들이 움찔거렸다.

"나약한 마음을 품은 자들은 모두 내 손에 죽을 것이다!"

우레와 같은 청해의 목소리가 비를 뚫고 퍼졌다.

불사조

"아 진짜 내가 이제 잡일까지 하네. 뭐 나는 자꾸 이런 일을 해."

석우는 손을 탈탈 털며 일어났다.

"중요한 일입니다. 백룡의 백선이 큰일을 했습니다. 청해가 창을 잃었으니 물러갈 것입니다."

"그럼 또 오잖아. 아우. 그럼 또 서점이 어떻게 되겠어? 넌 머리가 좋은 것 같은데 나쁜 게 확실해."

주인은 석우의 찡그린 얼굴을 보며 웃음을 지었다.

"아 왜 웃어."

"저는 머리가 나쁩니다."

주인은 보란 듯이 석우 앞에서 침을 뱉었다. 침은 동그란 물이 되어 통통 튕겼다.

"으악. 진짜. 나 괴롭히지 말고 저기 들어오는 애 좀 어떻게 해."

"전 머리가 나빠서 아무것도 못 합니다."

둘의 말싸움은 지친 미화를 웃음 짓게 했다. 곧 들이닥칠 청룡들이 보이는 와중에도 그들은 미화를 흘깃 보며 아무렇지 않은 듯 말들을 주고받았다.

"석우. 주인. 이제 그만해도 됩니다. 그리고 홀연이는 어디에 있습니까?"

"홀연이는 안전한 곳에 있으니 걱정 마세요."

석우는 볼멘 목소리로 투덜거리듯 말하며 미화의 안색을 살폈다.

"그리고 이제 힘 빼요. 어차피 서점 뚫렸다고. 이야. 저기 봐라 자기 편인데 자기가 죽이네. 양심 없네. 영화네 영화. 내가 살다 살다 용들끼리 싸우는 걸 이렇게 관전할 줄이야."

"전략입니다. 그리고 기억을 못 하시겠지만 많이 보셨습니다."

"죽은척하기면 몰라도 저렇게 죽는 건 전략이 아니지. 그리고 기억 못하는 게 조금 더 간지지. 너처럼 다 기억하면 꼰대 되는 거지. 주인공은 좀 기억상실증 같은 것도 걸려줘야 해."

미화는 홀연이를 눈으로 찾고 있었다. 눈을 감자 방울이의 영이 보였다.

"무녀 미화. 홀연이를 찾지 마십시오. 거절하고 싶습니다."

"요즘 네가 날 속이는 일이 많다. 그저 내가 하려고 하는 일을 도와라."

"미화. 제 말을 들으십시오. 마지막 예언이 마음에 걸려 모두 홀연이를 숨긴 것입니다."

"내가 알면 안 되느냐."

"혹시 몰라서입니다. 이건 홀연이를 아끼는 마음. 그리고 무녀 미화를 아끼는 마음입니다. 홀연이가 사라지면 미화는. 살 수 있습니까? 모두 그런 마음입니다."

"방울아. 너에게 왜 그런 마음이 생겼느냐."

"그건 이제 제가 당신을 저의 주인으로 선택했기 때문입니다."

"아직 너와의 약속을 지키지 않았다."

"그건 믿고 있습니다. 이제 무녀 미화는 제 주인입니다. 지키세요. 당신의 사람들을."

"힘들다."

"미화……. 뭐라고 혼잣말을 하시는 건가요?"

힘없이 축 처진 미화를 보며 석우는 하늘을 향해 욕을 퍼부었다. 주인은 그저 그런 석우를 두고 걱정스럽게 화장실을 바라보았다. 그들을 오랜 시간 동안 지켜본 주인이었다. 석우의 마음도, 홀연이의 마음도, 미화의 마음도 이미 모두 보았던 탓이었을까. 태고의 물로서 자신이 할 수 있는 모든 일들을 해서라도 그들을 지켜야겠다고 생각을 하는 자신을 보면 그저 놀랍고 신기할 뿐이었다.

"재미있습니다."

"그렇겠지. 넌 재미있겠지. 너 끝나고 나면 중구청 홈페이지 들어가서 뭐 지원받을 거 없나 이런 거 찾아봐. 안 그럼 너한테 다 청구할 거야. 이 나무 봐라. 물 먹어서. 지금. 침수야 침수."

미화는 웃음을 짓다가 급히 몸을 움직였다. 살짝 현기증이 났지만 꼿꼿하게 서서 한 곳을 응시했다. 청해였다. 피를 뒤집어쓰고 다리를 끌며 한 손에는 백룡의 활을 들고 한 손에는 수를 질질 끌고 들어왔다. 청해의 눈은 이미 푸르다 못해 짙은 파란색으로 변해 있었고 태연한 모습으로 의식이 없는 수를 던졌다.

"내가 왔다. 무녀 미화. 사용을 내놓아라."

"없다."

"내가 저 위에서 다 지켜보고 있었다. 네까짓 게 사해 용왕이 될 내 아들을 어떻게 처참히 죽였는지를."

"청해. 그자는 소멸을 선택했다."

"말도 안 된다."

청해는 몸을 부르르 떨며 고개를 돌렸다. 태고의 물인 주인이 있었다.

"네가 사용의 편이라고 생각했는데. 너부터 죽여주마."

"저는 죽일 수 있는 그런 무언가가 아닙니다. 저는 자연의 신입니다. 죽일 수 없습니다. 청해."

"나도 그 정도는 안다. 우선은 너를 가두고 나서 생각해 봐야겠지. 어떻게 처참하게 썩게 해 줄까. 미화. 넌 이미 힘을 다한 것 같구나. 그래. 이런 거 하나 지키겠다고 그렇게 힘을 다 쓰다니. 어리석다."

"청해. 사용에게는 한 번의 기회가 있었습니다. 충분히 벗어날 수 있었지요. 그러나 그는 선택하지 않았습니다."

주인의 냉정함이 청해의 화를 더욱 돋웠다.

"거짓말이다."

"당신이 원하는 것이 왕의 여의주라면. 여의주는 없습니다. 절대."

"내놓아라."

청해는 주인을 향해 푸른 파도를 내뱉었다. 주인의 물은 파도를 피해 흩어졌다. 그 틈을 놓치지 않고 주인의 긴 머리카락에 청해의 손이 들어왔다.

"네가 배신했다."

청해는 주인의 물 사이로 검푸른 바다를 쏟아내며 주인을 한 곳으로 몰아갔다. 갑자기 몰아치는 바다의 물결에 주인은 숨이 막혔다. 괴로워하는 주인을 바라보며 석우는 미화를 바라보았다. 미화는 잿빛 향기를 풍기며 그녀의 붉은 피는 방울방울 공기를 타고 퍼지고 있었다. 바다에는 검은 거품이 생기고 거품들이 터진 곳에 꽃들이 피기 시작했다.

"꽃이다."

꽃잎이 날리는 서점을 바라보며 석우는 눈물이 나는 걸 멈출 수 없었다.

"네가 왜 이름이 미화인지 이제 알았네. 아름답구나."

자신의 바다를 모두 꽃으로 만들어 버리자 청해는 구석에 있는 주인을 움켜쥐었다.

"너를 영원히 네가 싫어하는 짜디짠 바다에 가둬 버리겠다."

"나는 바다를 낳았습니다. 바다는 나를 가둘 수 없습니다."

"그럴까? 그래도 괴롭힐 수는 있겠지."

"자연의 섭리를 거스르지 마세요."

자신의 손에 잡혀서도 말을 받아치는 주인이 여간 짜증이 난 청해는 그의 머리카락을 휘감아 바닥에 던졌다. 바닥에 쓰러진 주인은 바닥에 스며들었다.

"도망쳤군. 물 정령 따위. 이제 너냐 미화."

"난 안 보이냐!"

석우는 미화 앞을 가로막고 호통을 쳤다. 그 모습을 보며 청해는 코음을 지었다.

"넌 보이지도 않는다. 네가 싸울 수 있는 것이 있느냐. 흙이 원래 하는 일이 그렇지."

미화는 석우의 마음을 읽었다.

"석우. 괜찮습니다. 늘 미안합니다. 이런 상황에 마주 서게 해서요."

"이건 미화 탓이 아닙니다."

"네. 하지만 이제 제가 해야 할 일입니다."

미화는 자신의 힘을 다해 핏방울로 서점 마계 가운데로 가르는 선을 그었다.

"이 선을 넘는 자. 가장 큰 힘을 잃으리라."

멈칫거리는 청해가 무엇을 느꼈는지 갑자기 호탕한 웃음을 지었다.

"여기 한 명이 더 있군."

누가 말릴 새도 없이 청해는 서점 마계의 화장실 문을 활로 부쉈다. 활은 끼익 거리는 아픔의 비명을 질렀고 부서진 문틈으로 놀란 얼굴의 홀연이 서 있었다.

"네가 이름이 뭐였더라. 네가 이 선을 넘어줘야겠다."

"언니. 미안해."

홀연이는 미화를 보며 눈물을 삼켰다. 청해는 홀연이의 팔을 잡고 미화의 핏빛 선 앞으로 다가왔다. 질질 끌려오는 홀연이를 보며 석우는 앞으로 나가려고 했지만, 바닥에 숨은 주인이 어느새 발을 잡고 있었다.

"야. 이거 놔."

홀연이는 울먹울먹거렸지만 끝내 눈물은 흘리지 않았다.

"언니. 미안해. 자꾸 미안해서 미안해. 난 아무런 힘이 없나 봐."

"청해. 너를 용서하지 않겠다. 비겁함이 너를 좀 먹었구나. 엄청난 힘을 가지고도 그런 것밖에 할 줄 모르다니. 너보다는 사용이 훨씬 낫다. 사용은 그래서 여의주가 될 수 있었겠지. 넌 소멸뿐이다."

"사용의 이야기를 함부로 하지 마라. 무녀여."

"사용이 말했다. 아버지에게 전해 달라고. 꼭."

청해의 눈빛이 흔들렸다.

"이제야 편하다고."

"사용이 그럴 리가 없다. 무녀. 절대 그럴 리가."

분노한 청해는 홀연이를 들어 올려 미화에게 던졌다. 미화는 망설임 없이 앞으로 나가 선을 넘었다. 홀연은 망연자실한 얼굴로 품에 안겨 미화를 바라보았다.

"언니?"

무녀 미화의 몸은 주술이 깃든 선에 닿았고 조금씩 몸에 금이 가기 시작했다. 홀연은 미화의 몸이 조각나는 것을 보며 비명을 질렀다. 미화는 마지막까지도 홀연을 놓치지 않기 위해 최선을 다했다.

"홀연아. 잘했어. 넌 잘못한 게 없어."

따뜻했다. 마지막까지도 자신에게 미소 지으려는 미화를 보며 홀연은 마음이 무너지는 것 같았다.

"나는 언니를 괴롭히려고 태어난 거야."

미화의 조각나는 몸을 보며 청해는 마음껏 비웃기 시작했다.

"하하하. 네가 한 주술에 네가 당하는 기분이 어떠냐. 그렇게 사용을 없앴겠지. 사라져라!"

청해는 백룡의 활을 들었다. 순간 번개처럼 빠른 검의 움직임이 일어나고 청룡의 팔이 활과 함께 나뒹굴었다. 사방에 튀는 피를 맞으며 흑이 나타났다.

"청해. 죽어라."

흑의 검은 냉정하고 반듯했다. 쓰러진 청해의 가슴을 향해 흑은 검을 날렸다. 손잡이의 붉은 불의 물결이 넘실거렸다. 그러나 흑은 곧 멈추었다. 쓰러진 청해는 어느새 수의 목을 잡고 있었다.

"죽여라. 수도 같이 죽이고 싶다면."

흑은 수의 처진 몸을 보며 신음했다. 다행히도 아직 수는 살아 있었다.

"그때와 같이 죽여라. 너는 너의 여자도 죽였다."

흑은 당황했다. 이미 조각조각으로 나뉘어 있는 미화를 보며 흑은 검을 힘없이 떨어뜨렸다.

"미화. 나는."

"흑룡의 수장 흑. 다가오지 말아라."

"미화야."

"어머니를 죽인 게 흑룡의 수장 흑. 당신이었군."

미화는 알 수 없는 표정을 지으며 홀연이를 내려놓았다. 이미 조각조각 난 몸들은 잿빛으로 변하고 있었다. 흑은 힘없이

무릎을 꿇으며 미화를 바라보았다.

"왜 항상 늦는 것일까."

처음 본 딸이 앞에서 조각조각 나는 것을 보며 흑은 운명을 탓했다.

"미화. 어떻게 되는 겁니까?"

석우의 질문에도 미화는 대답하지 않았다. 아직도 석우의 두 발을 꼭 잡고 있는 주인도 침묵했다. 석우는 땅에 손을 대고 힘을 보냈다. 그러자 미화의 조각들이 노랗게 물들었다. 조각난 달이 이것이었나. 석우는 자신이 본 것이 희망이 아닌 절망이라는 것을 알았다면 시작하지도 않았을 것이라고 생각했다. 이런 결말을 보러 온 것이 아니었다. 아름다운 빛이었다. 그래서 더욱 슬펐다. 어린 홀연이에게도 그 빛은 괴로웠다.

"언니. 나는 왜 태어나서 언니를 이렇게 힘들게 하는 거야. 나는 검은 구슬의 종족이어서 그래? 언니, 죽으면 안 돼."

"네가 검은 구슬의 종족이구나."

흑의 눈이 번뜩였다.

"네. 그렇대요."

"그런데 왜 나와 화문의 딸에게 나타났느냐?"

"몰라요. 저는 아무것도 몰라요."

"나는 알겠다. 주인. 예언을 들었겠지요? 미화가 말한 새로운 예언을 말하시오. 거기 있는 것 다 알고 있습니다."

흑의 새로운 예언이라는 말에 청해도 피를 흘리며 귀를 기울였다. 주인은 담담하게 예언을 말했다.

"여의주는 그곳에 주인이 주인을 찾으면 나타날 것이다. 여의주를 갖고 하늘로 오르는 자여. 검은 구슬의 가운데를 뚫고 새로운 세상의 이야기를 시작하리라."

바닥에서 주인의 목소리가 퍼졌다.

"야 이 배신자야. 이거 놔."

석우는 주인의 손아귀에서 벗어나기 위해 발버둥을 치며 욕을 하기 시작했다. 흑은 날카로운 눈빛으로 홀연이를 바라봤다. 그 순간 청해도 무언가 결심한 듯 수의 목을 놓았다.

"흑. 저 아이가 검은 구슬의 종족이라면 분명 필요가 있을 거다. 우리가 이렇게 할 필요가 없다. 사용은 이미 죽었다. 저 아이를 나에게 넘겨라. 동맹을 맺자."

"청해. 예나 지금이나 겉과 속이 다름이 아주 마음에 듭니다."

미소를 띠며 다가오는 흑을 보며 청해도 미소를 지었다.

"흑. 나도 거래를 할 줄 안다. 그렇다면 나도 무언가를 내놓아야겠지. 음. 그래. 그렇다면 사용의 여의주를 포기하겠다."

흑은 청해의 비겁함에 눈을 살짝 감았다.

"무엇이 너를 그렇게 타락시켰나."

잿빛 냄새와 미화의 피 냄새가 진동했다. 화문의 피 냄새였다.

"화문……."

흑은 홀연이의 손을 잡았다. 홀연은 버둥거렸지만 흑의 손아귀에서 벗어날 수 없었다.

"흑 아저씨. 나도 거래를 할게요."

흑은 홀연이를 바라보며 붉은 입술을 지그시 깨물었다.

"말해 보거라."

"아저씨. 언니의 심연의 밤에 문제가 있어요. 아버지의 심연과 어머니의 불의 입도 같이 언니에게 왔어요. 언니는 그 심연을 두려워해요. 아무도 언니 곁에 가지 못해요. 그 괴물은 항상 언니와 함께 있어요."

홀연은 큰 결심을 한 듯 또박또박 이야기했다.

"너는 그것을 봤구나. 그런데 꼬마야. 그건 이미 말했기 때문에 거래가 되지 않지요. 거래가 무엇인지 다시 배워야겠습니다. 검은 구슬의 종족이 이렇게 허술하다니요?"

흑은 슬쩍 홀연의 손을 놓으며 말을 이었다.

"그런데. 미화의 아버지에게는 꽤 거슬리는 말이군요. 그리고 지금 미화는 가장 큰 힘을 잃었습니다. 훗. 바로 심연입니다. 이제 미화는 밤의 장막을 쓰지 못합니다. 미화에게는 심연도, 불의 입도 없습니다."

흑은 말이 끝나자마자 홀연이에게 힘을 가하여 멀리 방 밖으로 던지고, 수에게도 힘을 가해 방의 끝으로 밀어 버렸다.

"흑. 이게 무슨 짓이냐?"

흑은 검을 들어 청해에게 다가갔다.

"나는 아버지입니다. 화문은 나에게 말했습니다. 아버지의 삶을 살게 해 주고 싶었다고. 나는 그렇게 살지를 못했습니다. 그런데 이제야 그렇게 살 수 있게 되었어요. 고맙습니다. 아버지는 늘 선택합니다. 아버지는 딸이 사랑하는 모든 사람들을 지킵니다. 나는 아무것도 지키지 못했어요. 사랑하는 여자도. 그녀의 딸도. 이제야 알겠습니다. 청해여! 아버지로 죽으십시오. 더 이상 괴물이 되지 마세요. 사용을 이용하지 마세요. 이미 당신의 가슴에서 죽은 것 같지만 말입니다. 더 이상 상처가 되는 선택은 멈추세요."

흑은 청해의 가슴에 이글거리는 검은 빛이 가득한 검을 내리꽂았다.

"흑룡의 수장 흑. 너를 죽여 너를 지키리라. 우리를 지키리라."

조각난 미화는 그 장면을 지켜보고 있었다. 청해는 외마디 비명을 지르며 몸을 심하게 꿈틀거리고 있었다.

"흑. 네놈을 용서하지 않겠다. 그때 널 죽였어야 했다. 화문과 함께."

미화는 죽어가는 청해를 보며 안심한 듯 재로 변하며 말했다.

"부탁한다."

석우는 자리에 주저앉았고 그제야 주인의 손은 그를 놓아주었다. 끄응 거리며 일어나는 홀연이의 눈에 미화의 재가 날리고 있었다. 흑의 눈빛이 떨렸다. 서점 마계에 눈물처럼 물이 새고 있었다.

"석우. 사용의 여의주는 어디에 있습니까."

흑의 물음에 석우는 가운데 손가락을 보여 주었다.

"왕의 여의주 엿이나 먹으라고 해."

"성격이 아버지를 닮아 그대로입니다."

우르릉. 석우의 말에 대답하듯 서점 마계의 바닥에 금이 가듯 갈라지며 물이 치솟아 올랐다.

"그래. 부셔라. 부셔. 너 진짜 꼭 지금 이래야겠냐. 태고의 물은 무슨 태고의 물. 지하수지. 지하수."

주인의 물기둥에는 영롱한 빛이 나는 왕의 여의주가 있었다.

"야! 이 배신자야! 엄청나게 파서 깊이 넣었는데. 왜 다시 가져와. 너 정체가 뭐야? 물이 아주 썩었네."

물기둥은 그대로 재에 쏟아져 내렸다. 어디서 본 것 같은 장면에 석우는 저벅저벅 재의 곁으로 다가갔다.

"그래. 이러면 다시 살아날 것 같은데. 또 사는 거야?"

홀연은 눈이 반짝였다.

"언니 다시 살아요?"

"그때도 이렇게 살아났어. 불사조. 맞나봐. 사람들이 그랬대. 붉은 깃털의 종족 불사조!"

"그런데 왜 아무 일도 일어나지 않아요?"

홀연이의 초조한 모습에 석우가 소리쳤다.

"서점 부셔. 괜찮아. 약간은 괜찮아. 미화. 듣고 있습니까. 규칙이 있다고 했잖아. 이번에 못 살아나는 건 아니겠죠?"

흑은 청해의 시신으로 다가가 눈을 감겼다.

"사용이 보면 안 좋아하겠지요. 당신도 이런 모습을 보여 주기 싫겠죠. 전 그렇게 믿겠습니다."

흑은 한 손으로 청해의 시신을 안고 한 손으로 정신을 차린 수를 부축하며 하늘 위로 솟구쳤다.

"화문의 딸 미화를 부탁합니다."

흑은 할 일을 다 한 듯 뒤돌아보지 않았다. 청해의 시신을 본 용족들은 싸움을 일제히 멈췄다. 어두운 새벽이 다가오고 있었다.

검은 구슬의 가운데를 뚫고 불꽃처럼

무거운 침묵을 깨고 홀연이가 말했다.

"언니. 나야. 홀연이."

재로 걸어가는 홀연이를 석우가 제지했다.

"가지 마라."

물기둥이 재를 덮친 곳에 아무 일도 일어나지 않았다. 그저 물기둥이 왕의 여의주를 받치고 있었을 뿐이었다. 스멀스멀 올라오며 점점 형태를 갖춘 주인은 홀연이를 바라보았다.

"망설입니까? 미화."

"무슨 말이야. 알아듣게 설명해."

석우의 질문에 주인은 여전히 홀연이를 바라보았다.

"미화는 망설이고 있습니다. 예언을 두려워합니다."

주인의 말에 석우도 홀연이를 바라보았다. 홀연이는 둘의 시선을 느끼며 다시 재만 남은 곳으로 다가가려고 했다. 석우는 이번에도 홀연이를 잡았다.

"가지 마. 말 좀 들어."

"아저씨도 안 듣잖아요. 언니는 예언을 하는 자인데 왜 예언을 두려워해요. 나 때문이구나."

"아니야. 그런 거 없어."

"나 바보 아니거든요. 나도 다 알아요."

홀연이는 터벅터벅 언니의 재 옆으로 다가갔다. 눈물이 많은 아이였다. 그러나 지금은 울지 않았다.

"언니. 나 언니 보고 싶어."

주인은 차마 볼 수 없다는 듯 눈을 감았다. 그의 손에는 왕의 여의주만이 빛을 내고 있었다.

"아니. 뭐 어쩌란 거야. 미화. 듣고 있어? 살았어? 그냥 돌아와요. 여의주 다시 묻어버리게."

석우의 말에 재가 잠시 들썩였다.

"미화. 알고 있지요. 이제 도망갈 수는 없습니다. 다시 묻어도 이 예언에서 벗어날 수는 없습니다."

주인은 냉정했다. 그러나 그의 손은 떨리고 있었다. 아무것도 모른다는 듯 홀연은 폴짝폴짝 재 속으로 들어갔다.

"언니. 나 괜찮아. 언니에게 너무 짐만 됐어. 언니는 힘이 제일 세니까. 다음 예언을 해 줘. 나 할 수 있으면 언니 동생으로 다시 태어날 거야. 완전 예쁘게."

재는 대답을 하듯 회오리를 치며 올라오기 시작했다. 홀연이는 기쁘게 웃었다.

"언니 나도 용족 할래. 나도 붉은 깃털 종족 할래. 언니 동생 할래."

재빠르게 검붉은 빛이 올라와 주인이 들고 있는 왕의 여의주를 감쌌다. 형상은 점점 커지며 자장가 소리처럼 따뜻하게 읊조리기 시작했고 모두들 저항할 수 없는 깊은 잠에 빠지기 시작했다.

"무녀 미화. 세상의 왕을 받아들인다. 전쟁은 없다. 너희들의 왕이 명령한다. 새로운 세상이 열릴 것이다. 모두 복종하라."

아주 깊은 잠이었다. 도망갈 수 없는 부드러움에 얽혀 모두 눈을 감았다. 검은 구슬의 종족 홀연이만이 황홀한 듯 그 광경을 지켜보고 있었다.

"언니가 역시 세상의 왕이었어. 난 그럴 줄 알았어. 언니가 최고야."

홀연이의 몸이 둥실둥실 떠올랐다. 그러고는 살짝 잠이 오기 시작했다.

"언니 보고 싶은데. 눈 뜨면 언니를 다시 만날 수 있는 걸까."

홀연이의 몸이 하늘로 올라가며 모든 것이 어둠 속에 가두어졌다. 미화는 어둠 속에서도 홀연이를 똑바로 바라봤다. 짙은 어둠 속에서도 느껴지는 강한 생명의 움직임이 느껴졌다.

"어머니. 당신이 보았던 것은 이것이었습니까?"

하늘에 묶인 듯 가만히 있는 홀연이는 미화를 기다리듯 두 팔을 벌렸다.

"홀연아. 언니가 찾으러 갈 거야. 기다려. 너는 늘 빛이 나. 금방 찾을 수 있어."

"언니는 그 말밖에 못 해."

홀연은 꺄르르 웃었다. 늘 그리웠던 언니의 냄새였다. 언니가 다가오는 걸 느낄 수 있었다.

"언니. 이제 잘게."

"예언은 이루어지리라. 여의주를 갖고 하늘로 오르는 자여. 검은 구슬의 가운데를 뚫고 새로운 세상의 이야기를 시작하리라."

한순간에 어둠이 걷혔다. 그곳에 홀연은 없었다. 이제 새벽이 왔다. 빛이 한동안 비처럼 내렸다.

작은 나무가 바람에 흔들리며 반짝이는 나뭇잎들이 떨어진다.

"심심해요. 누가 좀 놀아 주세요."

"아직도 심심한 거냐?"

"누구세요?"

"지금까지 이야기를 계속 해주었는데. 그래도 심심하냐?"

작은 나무는 어리둥절한 표정을 지었다.

"아. 꿈이 아니었구나. 다 이야기였구나. 중간에 잠든 것 같은데. 그런데 그 아이는 어떻게 됐어요? 검은 구슬 종족이라는 아이요."

"그건 네가 찾아야지."

"제가요?"

"그렇다."

작은 나무의 세상에 울리는 목소리가 따뜻하고 감미롭다. 작은 나무는 자신의 발을 내려다보았다. 무언가 간지러운 느낌에 발끝을 들자 너무 쉽게 뿌리가 뽑혔다.

"어라. 난 나무가 아닌가?"

"넌 새로운 나무다."

"걸을 수 있을 것 같아요. 새로운 나무라 그런가."

"많이 자랐구나. 이제 걸을 수 있다니. 다시 내 곁으로 올 수도 있겠지? 잘 찾아올 수 있겠지?"

"누구세요?"

"미화."

"미화……."

작은 나무는 가슴이 벅찼다.

"난 미화가 키운 나무. 홀연이었구나. 와!"

작은 나무는 있는 힘을 다해 손을 뻗었다.

"나갈 거야. 언니에게로."

작은 나무가 있는 세상이 찢어지고 있었다. 따뜻한 잿빛 냄새가 나기 시작했다.

"무슨 소리 들리지 않아?"

석우는 잠들어 있는 고양이에게 말을 건다. 고양이는 야옹 소리를 내고 있었다.

"야 주인. 너 진짜 가만 안 둔다."

그러자 주인이 석우의 뒤에서 짐을 잔뜩 든 채 씩씩거렸다.

"왜죠. 전 심부름까지 다녀왔는데요."

"아. 그렇지. 내가. 저 고양이를 너랑 헷갈린 건 아니다. 알지?"

"글쎄요. 저 오늘은 쉬면 안 됩니까?"

"무슨 소리야. 대출금 갚으려면 아직도 멀었어. 네가 부순 서점을 봐. 복구하느라 진짜 죽을 뻔했다고. 가서 전단지라도 돌려야 할 판이야. 너 자꾸 그러면 고양이 쇼 시킨다."

주인은 짐을 바닥에 보기 좋게 팽개쳤다.

"자겠습니다."

"주인. 너 할 게 얼마나 많은데. 빨리 와. 이거 공모사업도 해야 해. 신청서 저번에 내가 쓰는 방법 알려줬지?"

주인은 하품을 하며 기지개를 켰다.

"미화는 요즘 나무를 키운다던데. 잘 크고 있는 건가요?"

"나무 키웠어? 어디서? 왜 둘만 이야기해."

"그거 이야기하면 석우가 막 힘줘서 엄청 크게 키울 거라고 말하지 말라고 하던데요. 천천히 자라야 건강하게 나올 수 있다고. 그래서 말 안 했습니다."

"무슨 나무이길래?"

"부모님이 주신 나뭇가지라고 하던데요?"

"언제 줬데?"

"모릅니다. 거기에는 영혼을 담을 수 있다고 했습니다."

"영혼? 그런 거 키우지 말라고. 이제. 뭐 나무 종족이야? 지겹다. 서점 복귀한 지 얼마 안 됐다고. 그때 천둥 번개 치고 이 동네 물난리 나고. 그래서 지금 거기 껴서 지원금 받아 이제 막 고쳤어. 그만하자."

석우의 등 뒤 책장에서 푸르스름한 빛이 나기 시작했다. 주인은 미소를 띠었다.

"벌써 다 키웠나 봅니다. 저기 빛이 나네요."

석우는 고개를 절레절레 흔들었다.

"안 보련다."

미화가 이층에서 내려오는 소리가 들렸다.

"미화. 뭘 키운 겁니까. 진짜 나무 종족이라도 키우신 겁니까."

석우의 볼멘 목소리에 주인은 웃음을 멈추지 못한다.

"뭔데. 말해 빨리."

후두두둑 책들이 쏟아져 내리고 <서점 마계> 책이 펼쳐졌다. 안에서 뿜어 나오는 푸른 빛이 점점 사람의 모습으로 변하고 있었다.

"아저씨. 나 나무 종족이에요?"

해맑은 목소리가 서점 마계에 울려 퍼졌다. 딸랑딸랑거리는 경쾌한 문소리가 바람에 흔들리고 있었다.

"진짜야?"

주인을 보며 석우가 물었다. 떨리는 목소리에 주인은 석우를 보며 미소 지었다.

"울면 평생 놀릴 겁니다."

미화가 꽃고무신을 들고 들어오고 있었다.

"나무 종족이라니? 그리고 그거 너무 촌스럽다고요."

석우의 눈에 눈물이 그렁그렁 맺혔다.

"서점 또 부서지겠네. 미화. 예언하지 마세요. 이제."

함박웃음을 짓는 석우가 천천히 뒤를 돌아봤다. 모두 한곳을 바라보며 설레는 마음으로 지켜보고 있었다. <서점 마계> 책의 푸른 움직임을.

서점 마계
왕의 여의주 편

초판 발행 2024년 12월 1일

지 은 이 이지선
삽   화 장세호
출 판 사 알발리 (ALBALI)
발 행 인 윤석우
디 자 인 윤석우
등   록 2023년 9월 5일 (제2023-000022호)
주   소 인천광역시 중구 신포로39번길 10-9
전   화 0507-1483-3441
메   일 albali.publisher@gmail.com
S N S www.instagram.com/bookstore_abyss

ISBN 979-11-984566-9-4 (04810) (1권)
ISBN 979-11-984566-8-7 (세트)
정가 17,000원

* 저자와 출판사의 허락 없이 내용 일부를 인용하거나 발췌하는 것을 금합니다.